OPEN是一種人本的寬厚。

OPEN是一種自由的開闊。

OPEN是一種平等的容納。

OPEN 3/3

阿普留斯變形記 金驢傳奇

作　　者　阿普留斯
譯　　者　張　時
主　　編　吳繼文
責任編輯　連翠茉
美術設計　張士勇　吳郁婷

發 行 人　郝明義
出 版 者
印 刷 所　臺灣商務印書館股份有限公司
地址：臺北市重慶南路 1 段 37 號
電話：（02）23116118／傳眞：（02）23710274
讀者服務專線：080056196
郵政劃撥：0000165－1 號
E-mail：cptw@ms12.hinet.net
出版事業登記證：局版北市業字第 993 號

初版一刷　1998 年 1 月
初版三刷　1998 年 4 月

定價新臺幣 200 元
ISBN 957－05－1438－8（平裝）／78740000

OPEN 3/3

METAMORPHOSES
阿普留斯
變形記

金驢傳奇
THE GOLDEN ASS

阿普留斯
Lucius Apuleius／著
張 時／譯

臺灣商務印書館 發行

目次

阿普留斯致讀者 001
第一章　亞里斯都門的故事 002
第二章　米羅之家 013
第三章　賽萊佛龍的故事 027
第四章　笑神慶典 037
第五章　化身 047
第六章　盜窟 055
第七章　邱比特與賽琪㈠ 067
第八章　邱比特與賽琪㈡ 075
第九章　邱比特與賽琪㈢ 085
第十章　盜羣潰敗 099
第十一章　牧場 111

第十二章　閹教士　125
第十三章　磨坊　139
第十四章　園丁與百夫長　151
第十五章　議員之家　159
第十六章　馴獸師　167
第十七章　女神顯聖　177
第十八章　重還人身　185
第十九章　教士生涯　195

阿普留斯致讀者

如果諸君對於埃及人變成動物、歷經諸險而後重歸人形的說故事習俗不感討厭的話，你對這個奇特的故事；一連串通俗米利都風①的奇聞當感興趣，不過我的「變形記」僅供諸君私下聽娛而已。

先讓我作一簡單自介：我是路鳩士・阿普留斯，北非馬道拉人，但是系出古希臘之後。我的先人有些住在雅典附近的海默圖山；有的住在舊稱艾費拉的哥林多省；有的住在拉康尼亞的臺納魯斯——他們全被比我更著名的作家置於不朽之地位。我幼時到雅典習希臘古文，以後我到羅馬時開始學習拉丁文——這是件痛苦的工作，因爲在那裏我是個陌生人，而且學無常師。所以，我希望諸君能原宥我無法使我的文體徹底羅馬化。何況，這個故事輪轉多變的內容在性格上十分希臘化，所以我如果用學院派拉丁語述寫則屬錯誤。現在，請諸位寬心閱讀並加享受！

① 米利都係小亞細亞西岸的廢城。

第一章　亞里斯都門的故事

有次我因事到我母親家鄉的西薩萊去；而我自她遺傳得著名普魯達區①的優秀血統。有天早上我騎馬越過遠方的崗巒，然後順著條陡削的小徑下到谷地，跨過沾露的草原與濡濕的田畝後，我所騎的一匹白西薩萊種馬開始喘氣，腳步放慢下來。我自己也因長久坐在鞍墊上極感勞頓，便跳了下來，用一把樹葉拭擦牠額頭的汗水，擦擦牠的耳朵，把轡繩投在牠頸上，慢慢在牠身邊散步，讓牠休息，在涼風中恢復氣力。牠在迴繞草原的小徑兩邊咬下一口口青草做爲早餐。我看見前方不遠有兩個人專神地交談著向前躑躅。我急向前走，想知道他們在談些什麼；我剛走近，其中有一個大笑著對另一個說：「停！停！別再說了！我不能再忍受聽你那粗鄙而可怕的謊言！」

這頗有意思。我對說故事的人說；「請別以爲我唐突好奇，先生，我一向希望增進我的教育，很少論題不會使我發生興趣。如果你願意把你的故事從頭再講起，我會覺得十分感激。而且它一定會使我愉快地走過下一個山頭。」

那個大笑的人又說；「我不要再聽那些胡言亂語了，你聽見沒有？你也許會說它神奇得

① 希臘名作家，生於公元四五年卒於一二五年。

使河流倒溯，使海洋冰凍，使風兒麻痺無力。或且神奇得可使中天的太陽停止，月亮灑下帶毒的露珠，星星黯然失去它的光澤。哦，你也可以說白晝突然被無盡黑夜所替代。」

可是我堅持道：「不，先生，請別猶疑。講完你的故事，講完它，除非你認爲這要求對你太過份。」然後，我又轉向另一個人；「而你，先生，你可知道使你不願體認這位朋友想告訴你的真理，不是出於天生愚昧便是後天培養出來的頑固？愚人們往往認爲智慧的事或是他自身無法接受者爲不實，可是當仔細研究這些事件時，便會發現它不僅可能而且現實。例如，告訴我對這件事如何解釋。昨天晚上在吃晚飯的時候，同桌的一些人向我挑動吃食比賽，看能否吞下一塊極大的麥糊，它又軟又糊，哽在我咽喉半途，差點使我送了命。而不過幾天以前，我在雅典看見一個魔術家真正吞下一支騎兵彎刀，刀尖朝下；然後在他自我們旁觀者收了點錢後，又以同樣令人驚奇的方法嚥下一支尖矛。我們望著他頭向後仰，矛柄自咽喉伸在空中；然後，信不信由你，有個美麗的男孩以柔和的動作沿矛柄蜿蜒而上，使你以爲他是醫藥之神的橄欖枝上圍繞的高貴蟒蛇，他似乎身上既無骨頭又無脊髓。」然後我再轉對另一個人說：「來，先生，講出你的故事！雖然你的朋友不相信，而我不但相信它，而且爲了表示我對你的謝忱，願意在下個旅館請你吃頓飯。」

「非常感謝你慷慨的提議，」他說，「但是我對你說出我的經驗並不需求報酬。我可以對著普照萬物的太陽向你發誓，我所說的每一個字全是實在的。今天下午當我們到西薩萊區的最重要鎮市哈巴達時，對於這件事的真實性你可以無需有一點保留之意，因爲那裏每個人都知道發生在我身上的事。你知道，這不是件私事。不過，我有先介紹我自己姓名職業等的必要。我是愛琴人，是個糧食批發商，經常旅行於西薩萊、愛多利亞和包西亞等地收購蜂蜜、乳酪和其他食物——小名阿里斯都門，敬候差遣！有天，自哈巴達傳來消息說有一大批上等乳酪以相當誘人的價格待沽。我立刻首途，可是像我這行行業時常遇見的，這次旅程也不順風。我到達時，立刻發現另一個叫盧帕士的商人已早一天把市場搶購一空。我迅速而來卻無結果，頗爲沮喪，那天晚上便早早到公共浴室去，我大出意外地遇見老朋友蘇格拉底。我簡直認不出他來，他的臉色十分蒼白瘦削，披著一件骯髒百補的舊披風坐在地上，像個道旁乞丐。我們以前曾經是要好的朋友，我在向他招呼前，不禁遲疑了一下。

「『哦，親愛的蘇格拉底，』我終於說，『你這到底是什麼意思？爲什麼這副怪相坐在此地？你犯了什麼罪嗎？你難道不知道官家已爲你註名鬼錄，你家人已爲你吊喪致悼？你的孩子們由法院監護，而你那悲哭得幾乎瞎眼毀容的妻子又被家人逼迫改嫁。你卻像個鬼魂一樣在此地露面！真的，實在令人不安之至。』

「『啊，阿里斯都門，』他回答，『如果你知道命運對人能變出多麼不公平的惡作劇，就不會對我這樣譴責了。』他臉紅起來，披起他的破衣遮蓋面孔，不幸卻裸露出他腹部以下的半身來。

「我實在忍受不下去。我一把抓住他，想把他拉起來，但是他抵抗而且喃喃地說：『別理我，別理我。讓命運女神在我身上恣意肆逞她的威風與勝利。』不過他終於答應跟我去，我在身上脫下一件衣服替他穿上。然後我把他趕進一間私人浴室，我替他好好洗擦一番，拭下他身上數層骯髒。之後我雖已精疲力竭，仍勉强把他拉進我住的旅館，叫他在床墊上躺下，給他豐富的食物美酒，告訴他家鄉裏最近的新聞。過了一會他容光煥發起來，我們又笑又鬧吵得很兇，一直到他激動地長吁一口氣，用拳頭捶擊前額叫道：『哦，我多麼悲哀！事情開始於我要去看宣傳已久的拉利沙附近的角力競技表演。我本是去馬奇頓做生意的，這一點也許你已經知道了，十個月以後我帶了相當可觀的一筆錢回家，但是快到拉利沙時，在個荒山裏被强盜搶得只剩下我的生命。我終於設法自他們手中逃出，用盡氣力才到了這個鎮上。我去到一個叫做蜜羅的女人所開的旅館去。她雖徐娘半老，但是風韻猶存。我向她解釋我的遭遇，希望早日回到久別的家鄉，她假裝十分同情，免費請我吃了一頓豐富的食物，過後她逼我和她睡覺，可是我一爬上她的床舖，我的思想便不能自主，意志力完全崩潰。當我還能工作，如替人提行李等，我把所有掙來的錢全交給她，等我衰弱後，我甚至把强盜給我遮體的衣服也給了她。現在你就可以了解噩運和一個迷惑的女人會使我變成什麼地步。』」

「『好上帝，』我說，『這一切全是你自作自受，你遺棄了你的妻子兒女而替那種老母狗作奴才！』」

「『噓，噓，』他用食指放在唇前，迅速地四望像怕我們的話被人竊聽。「別對那個奇妙的女人說這種話，否則你會禍從口出。』」

「『真的，』我說，『她到底是什麼樣的女店東？從你講的話，人人會以爲她是個有超人力量的專制女皇。』」

「『我對你說，阿里斯都門，』他以憂傷的聲調說，『如果她高興，我的蜜羅能撼天動地；呼神喚鬼，移星摘月。』」

「『好了，好了，蘇格拉底，這是做戲的臺詞。請你放下劇幕，把故事老老實實告訴我。』」

「他答：『舉出她力量的一端你可相信？或是要兩個例子，三個例子？她能使男人熱情地愛上她——不僅希臘人，而且印度人，東西部的埃及人，如果她高興，甚至於荒島上的安替坡底斯人——這只不過是神力的一部分。如果你想聽聽她在可靠證人前表演的偉大技業，我願意敍述幾件。唔，第一，如果她所愛的人膽敢與別的女人私通，她只要唸一個字，他便變成了海狸。』

「『爲什麼變海狸？』

「『因爲海狸在被追趕時，會把自己的睪丸咬下擺在河岸以擺脫獵犬；蜜羅希望他也會遇見這種事。還有她鄰近與她相競爭的老店東被她變成一隻青蛙，現在這可憐的老傢伙還在他自己的酒桶中游泳，或且埋身在酒澤中沙啞地對老主顧高叫：『醒醒！醒醒！』有個律師曾經草狀起訴她，他的處分是變成羊，今天你還可以見他咩叫著他的案子，喊出他的辯詞，前額懸著可怕的東西。還有，當她愛人的妻子咒罵她時，蜜羅處罰她使她永遠懷孕，讓魔力在她子宮令她的孩子生不下來。這大概是八年前的事了；現在這個女人的肚子一天比一天膨大，你還以爲她肚子裏懷個小象。』

「『但是這些事什麼時候才爲衆人所知？』

「『唔，衆人生氣地召開會議，決定在次日用石頭把她砸死。可是一日的寬容對蜜羅而言已經足夠。正如克理昂皇帝命令密地亞離開哥林多時給她一天時間。你一定還記得，密地亞在她篡賊的新婚服上縱火，立刻全殿燃燒起來，新娘和克理昂全被燒死。據蜜羅事後酒醉時對我說，她挖了個小溝，在上面使用符咒，然後利用她召來的鬼魂力量，在哈巴達每家門戶上施以魔咒，使居民們於四十八小時內不能出戶上街，也不能在牆上挖洞鑽出。結果全鎮鎮民只好在窗口上向她懇求，答應她如果她把他們釋放，將決不招惹她，而且願意保護她的安全；她同意後解除了魔咒。但是她向會議的主席報復，在半夜把他的房屋連牆連人連基礎移到一百哩外的市鎮去。那地方座落在缺水的山頂，鎮民們用水僅靠天雨，因爲鎮市房屋密擠，中間已再容納不下，所以她命令精靈把它放在鎮的城門外面。』

「『我親愛的蘇格拉底，』我說，『這是個非常奇怪而可怖的故事，我不僅開始有點害怕，說實話，我正恐懼起來。如果你那老婦人的精靈鬼怪把我們的談話告訴她怎麽辦？我們現在立刻睡覺如何？夜還早，我們明天一清早可以出發，讓我們的雙腿把我們帶到盡量遠的地方去。』

「我正在說話時，可憐的蘇格拉底已經睡著了，而且鼾聲大作；一個像他這樣疲倦的人吃頓豐富的餐點美酒自然會有如此的後果，我關上臥室大門並且上了閂，把床頭頂著門，上床就寢。蘇格拉底所說的殘酷故事起初使我不能入眠，可是半夜時我自熟睡中被一聲巨響驚醒，門像被一羣强盜用肩膀推撞般大開。鎖，閂，絞鏈均應力而解，我的床是個舊軍用蝨蛀床，少一條腿而且對我來說短了一點，它被掀上空中又倒轉倒下，把我蓋在下面。

「感情真是一種矛盾的東西。你知道，有人會因過度快樂而哭泣；而現在禍事當頭時，我卻笑著對自己戲謔；『哦，阿里斯都門，你變成烏龜了！』雖然我平摔在地上，不過覺得躲在床下很安全。我從側邊伸出頭，就像隻自硬殼下竊窺外界的烏龜，看事情會如何發展。立刻有兩個可怕的老婦走進來，一個手上執把火炬，另一個拿著海綿，與出鞘的劍。她們站在沉睡的蘇格拉底身邊，執劍的女人對另一個說：『看，潘絲亞姊妹，這個人便是被我選作我的愛人——正如女神狄安娜垂顧牧童恩地米翁，或是大神周夫折節選取美麗的小丑妮美黛。我給了他一段熱情神妙的時光，而他從未回顧我少女般的熱情，卻日夜地欺騙我。現在我不但抓住他在背後毀謗我，而且密圖私逃！他自以爲像個奧特蘇斯，希望我像卡莉普索半夜醒來時發現孤單地置身荒島而哭泣？』她又指著我說：『這個在床底下偷看的傢伙是阿里斯都門，他使他從事惡作劇，如果他以爲可以平安地自我身邊跑走那是大錯特錯。我要叫他對於上半夜說我的那些粗鄙語句與現在的無禮窺視悔之莫及。』

「我滿身冷汗發抖不已，顫動得身上的床吱咯地跳起舞來。可是潘絲亞對蜜羅——她一定是蜜羅不會是別人——說：『姊妹，我們要立刻把他五馬分屍，還是把他和他所有的東西一起綁在小船上望著他慢慢飄流？』

「『不，不，親愛的，那樣不行！讓他再活些時間。我親愛的蘇格拉底，明早需要一個掘墳人替他在什麼地方挖小洞。』她邊說邊把蘇格拉底的頭在地上翻翻，我又看見她把劍沒柄插進他的左頸。血如泉水般上湧，她已手執著一個容器把每一滴血盛入。蘇格拉底的氣管已被刺穿，但是他發出一種叫聲，或是模糊的嘓嘓聲，然後又安靜了。也許以犧牲典禮結束是她的慣技，我看見那個女人把手插入傷口，深深插入我可憐朋友的身體，在裏面摸索一會把心拉了出來。潘絲亞自她手上取過海綿用它按在傷口上，低喃道：

海綿，海綿，來自鹽海
停住，停住，潺潺細流！

然後她們向我走來，抬起木床，蹲下來長久地直視我。

「然後她們離開我了；她們剛跨上門檻，門戶自己騰起。門閂，鎖、絞鏈全飛回本來的位置。我赤裸冰冷而尿水直流地躺在地上。『初生的嬰兒一定是這個樣子，』我對自己說，『可是這情形多麼不同，我一生已在我身後而不在面前。我，是的，雖生猶死，像個赴十字架上的罪犯。當人民明早發現蘇格拉底喉管被割的屍體時，我怎麼辦？誰都不會相信我的話。『如果你不是那女人的對手，至少可以高聲喊叫，』他們會如此說，『像你這麼一個強壯魁梧的男人會眼睜睜一聲不響看著你的朋友喉管被割！』又說，『你獨自活著，如何解釋呢？爲什麼她們不殺死你，毀滅你這個目擊一切的見證？她們怕你活著講出實情，你只有死路一條。』我的思想一直在兜著圈子有如死人在分析道理。現在夜已快盡，我終於決定在天亮之前溜出旅館逃走。我拿起我的行李，抽出門閂，把鑰匙插入鎖孔，可是這個在夜間自動開啟讓我敵人進來的門戶卻不讓我出去，我重按門柄十幾次才出去。我一到院子裏便大喊：『喂，門房，你在那裏？開門，我要在天亮以前上路。』

「他一絲不掛地睡在門內，惺忪地答：『是誰？誰要在這麼晚上路？你難道不知道，不管你是什麼人，這個時候路上盜賊如毛？你一定是活得沒有意思，要不然你良心上一定有什麼愧咎，你別以爲我是個白癡會冒險開門讓強盜進來。』

「我抗議：『可是天已經亮了。何況，強盜對你又能怎樣？我想你真是個笨蛋竟會怕他們。一羣十個職業強徒從你這個一絲不掛的人身上什麼也拿不去。』

「他喃喃地翻個身，迷迷糊糊地問：『我怎麼知道你沒有把昨天下午帶來的人謀殺掉，而在這鬼時間逃走？』

「我永遠也忘不掉他講這句話時我心中的感覺。我似乎幻見地獄張口等著我，三頭老犬饑餓地吠叫。我相信蜜羅所以不割斷我喉管，是因爲她想惡毒地看著我上十字架，我走回房間決定自盡。可是怎麼下手呢？我必須喚我的床來幫忙我。於是我開始對它講話。我啞聲說：『聽著，床，親愛的小床，在這殘酷的世界上，你是我唯一的摯友，我共同受難者，而且是我無辜的證人——床啊，請給我些乾淨完整的器具讓我結束我的憂愁。因爲我希望死亡，親愛的床啊！』在等待床的答覆時，我開始解下一段綁床架的粗索，一邊結在窗子上突出的屋樑上。一段打個圈結。我爬到床上，把頸子伸入繩圈，再把床踢開。

「自殺又不成。繩子又舊又爛，在我的重量之下它立刻斷了。我跌下來，望著床墊不遠處的蘇格拉底屍體喘息翻滾。這時傳進來門房的大叫聲，「喂，剛才不是十萬火急要出門，現在你在做什麼？在床上像條豬樣地高喊低叫？』

「我沒回答，蘇格拉底跳了起來，好像突然醒了過來——是因爲我摔跤還是門房的呼叫把他吵醒，我則不清楚——嚴酷地說：『我常常聽見旅客咒罵門房們的怪舉止，而我認爲確實應該。我累極了，而這個該死的傢伙卻衝進屋來大聲呼叫——一定是想轉移我們的注意力偷竊東西——把我幾個月來唯一的好睡吵醒了。』

「一聽見蘇格拉底的聲音，我如獲甘霖大叫：『不，不，你是這個廣闊世界中的最好門房，像青天白日般忠厚！可是你看，看著你方才夢話中被我謀殺了的人——他是我的好友，親如手足父子。』我抱吻蘇格拉底，但是他一把將我推開，說：『唔，你臭得像水溝底，』並且不很和氣的暗示我怎麼會到這種地步。我困惑地向他說了些藉口——我忘了怎麼說——立刻把話題轉開去。我抓住他的手喊：『我們還等什麼？何不清早上路享受新鮮的空氣？』

「『爲什麼不？』他說。於是提起行李，和門房清了賬。立刻我和蘇格拉底上路了。

「當我們走到離鎮有一段距離後，郊外在朝墩照射下顯得十分清朗，我開始好好地看著蘇格拉底喉上被劍刺過的地方。可是毫無特別之處，我想：蘇格拉底和往常沒有兩樣，連個疤痕都沒有。沒傷口，沒海綿，連一點刀傷也沒有，而劍刺才不過是幾小時以前的事。多麼活形活現的狂夢！我喝了太多，實在有點發瘋。我高聲說：『醫生說得對。如果昨夜把肚子塞滿，然後用酒灌下，一定會做惡夢。昨夜我們慶祝之後，我睡得十分壞；我做了個惡夢，似乎現在身上還染滿鮮血。』

「蘇格拉底笑道：『鮮血，真的，你把床浸濕，所以現在還有臭味。我贊成你惡夢的理由。昨夜我也做了個可怕的夢，我還清清楚楚記得；我夢見喉管被割，傷口痛疼萬分，有人把我的心拉出來，這真是一次難以言表的經驗，使我想起來都難過。我的膝蓋發抖，非坐下來不行。有沒有東西好吃的？』

「我打開背囊拿出一些麵包。『我們到那棵大樹下去早餐如何？』我問。

「我們坐下後，我注意到他健康的容顏已褪。雖然他貪婪地吃著，但是面如死灰。我自己一定也同樣蒼白，因爲那一對怒婦又占據在我腦中，昨夜的恐怖又突然重現。我咬了一小口麵包，但是它哽在食道裏，吞不下去又吐不出來。我越來越緊張。蘇格拉底會活下去嗎？這時附近有許多人，如果兩個人一同走路，其中一個神奇地死去，會招起許多路人的猜疑。他吃了非常多麵包與乳酪，然後大叫口渴。離路邊幾碼處有條小溪自樹根繞過。它亮得像白銀，明得像水晶，清得像池塘。『來，蘇格拉底，』我說。『它似乎比牛奶還好些。大飲一頓吧！』他站起來沿溪岸而行，等他找到一個合適的地方，跪了下去低彎著頭，開始大口牛飲。他的嘴唇才碰到水，忽然傷口大開，海綿掉落下來，鮮血一滴滴流下。如果不是我迅速地抓住他的一條腿把他拉到岸上，他已經摔進去了。我把他放好時，他身體已僵硬。

「我迅速地在河岸沙地上爲他安葬。而我全身顫抖，冷汗直流，跑過四野，不斷地改變方向踽踽亂奔，向最荒涼最無人的野外而去……

「我再沒回到愛琴。我良心常受比兇殺尤重之苦，我放棄了事業、家庭、妻子、兒女，逃到愛多利亞。在那裏我又再婚了。」

阿里斯都門的故事到此結束。他的朋友自始便堅持不願相信他的話，立刻對我說：「好了，老實說，我這一輩子從來沒有一次聽過這許多胡說八道的話。這比僧侶們所說的更不如。你是個受過教育的人，由你的外表和衣飾一看便知道，你真相信他的話？」

我答：「在理論上，我拒絕承認這世界上有什麼不可能的事，否則我是把自己置於決定人類命運與經驗的造物主之上。而且在實際上，有許多在你我及別人身上發生的事，連自己都難以置信，常人會以爲那是僞造的。事實上，我相信阿里斯都門的故事，而且萬分感謝他對我的善意與樂趣，我幾乎忘了山路崎嶇不平。看那邊，那是城門！我不相信竟會這麼輕易便走到了，我靠的不是馬背而是我的耳朵。我的馬也一定同樣贊成我的謝忱；阿里斯都門使它省去了一段困苦的馱人路程。」

我們在此地分別。他們由左邊的路走向一堆屋舍；我向前直走。

第二章　米羅之家

我敲敲所看見的第一間旅舍門戶。應門的是一個老婦。「午安，老太太，」我說，「這裏可是哈巴達鎭？」

她點點頭沒有開口。

「你可認識一個叫米羅的人，此地的第一公民之一？」

「哦，我想你之所以稱他第一公民的理由，」她毫無笑意地答，「因爲他家是你可以看見的第一間。它建在空地上，就在城牆外，它是官家特別眷顧的。」

「別開玩笑。你可願告訴我他是怎樣的人，以及到他家去如何走。」

「你可看見面對城市的最後那排窗戶，另外一邊死巷前的一扇門？那就是米羅的家——一個非常有錢的人卻又是整個區裏的恥辱——最卑鄙、慳吝、骯髒的人。他是個放高利貸的人——他最感興趣的事是如何增加利息——坐在那個大空屋中，整天關上門數他的錢堆。和他同住的是個不幸的妻子和一個青年女奴；他很少出門，出來時穿得像個乞丐。」

我一邊騎馬一邊發笑：我的朋友笛米亞真給了我一封有價值的介紹函。和米羅住在一起，至少我無需害怕煙火與廚房的氣味。

於是我到了老婦指點給我的門戶，發現它緊緊地門閉著。我敲門大喊：「喂，喂，開門！」

過了一會女奴出來說：「是誰在這裏高聲大吵？」

「是我在敲門。」

「哦，你的金銀呢？哈巴達大概只有你不知道我們的規矩：不得預支款項，除了用等重的寶貴金屬作抵押。」

「這不是待客的道理，」我正經地說，「你主人在家嗎？」

「當然在家。你要做什麼？」

「我來帶著哥林多人笛米亞的一封介紹信。」

「我替你去通報，你且等一下，」她又門上大門走回去。過一會她又出現了：「我主人說：你可願進去嗎？」

我發現米羅在餐廳中躺在一隻窄躺椅上開始用飯。他妻子小心翼翼地坐在他足邊的支架上。

他揮指幾乎空無一物的餐點說：「正是用餐的時候。」

我向他致謝把信遞給他，他連忙拆閱。「我感謝笛米亞，」他說，「給我機會結識像你一樣優秀的青年。」顯然因爲桌上的東西只夠兩人之用，他把妻子遣走，請我坐在她位置上。我甚感猶疑，可是他抓住我的上衣强我就坐。「坐，請坐，大人，」他說，「請你原諒此地桌椅及其他傢具之缺乏不便。這是防竊的必要措施。」

我坐下。

「自你衣著的潔淨與態度的文雅，我猜你一定是個良家子弟。自笛米亞的信上我知道我的猜測不錯；請不要見棄我的小茅舍。隔壁的臥室可供你使用；如果你可以安排得舒適一點，那是我的極大光榮，並且希望能像西薩斯——我注意到你父親的名字也叫西薩斯——接受可憐的老赫克爾招待時發出一樣的佳評。」

我還沒有機會吃任何東西，他喚女孩：「浮蒂絲，把這位先生的行李放在客房裏，小心地把它放好。再到衣櫃中取條毛巾和一小瓶盥洗油，帶他到最近的公共浴室去。他經過長途跋涉一定又熱又累。」

我立刻了解到米羅這個人是多麼鄙劣，便決定順從他的意思。我說：「別麻煩去拿毛巾和盥洗油。我行李中一向帶著這些東西，也無需女孩陪我去；我可以很容易便找到浴室。目前我放不下心的是我的馬。他馴良地載我到此地來，應該給予報酬。浮蒂絲，你可不可以替我去給他買點好的乾草和麥子飼料？錢在這裏。」

我到院子裏去閒盪，等我馬餵好，浮蒂絲把我的東西在臥室中整理好。在我走向公共浴室途中，先到市場去買點晚餐。那裏有許多魚待沽，雖然他們開口要二百金幣，後來我對一個魚販還價二十而成交。我離開市場後，以前在雅典的一個同學潘西斯正巧也在街上。他先認出我，立刻親熱地擁抱我。

「哦，這不是我的朋友路鳩士嗎！天呀，我們在老杜西賽斯下面讀書有多少年了！分別後我一直沒有聽過關於你的消息。告訴我，親愛的朋友，什麼風把你吹得來的？」

「明天我們再做長談吧。可是潘西斯，我眼前是什麼？一襲官員長袍，後面隨著一隊佩著短棒的民兵？我衷心的恭賀！」

他解釋：「我現在是市場總監，如果我可以幫助你買些什麼作晚餐之用，請吩咐我。」

「你多麼仁慈！可是我剛剛買了幾磅魚。」

「讓我看看。」他自我手上拿過籃子，把魚搖搖以便看得更清楚些。然後他問：「你可願告訴我你付了多少錢？」

「我和魚販爭了好久，他才減到二十金幣。」

「那個魚販？指給我看。」

我指著坐在市場角落上的一個小老人。他立刻用嚴肅的官腔責罵他：「喂！這就是你對待總監朋友的態度？你對於到市場來買東西的人全是這樣嗎？要價高過二十金幣，這幾頭小魚！哈巴達是全西薩萊最興盛的鎮市，而你們這些傢伙竟抬高物價，好像我們是住在山區窮鄉。你別以爲你能逃過處分。天，我對你們這些無賴漢不能不加教訓，只要我一日有目前的職務便不能容你們過份放肆！」

他把籃中鮮魚倒在地上，命令他的一個民兵在魚上踩踏而搗成糊漿。潘西斯爲他的尊嚴極感滿意，然後勸我回家，「好，解決了，路鳩士，」他謹慎地說：「你不用再說話了。對付這個小混蛋的羞辱我至感滿意。」

我這位善解人意的老同學！他的好意干涉，使我錢魚兩空，我只好到浴室中去休息了一個午後。

入夜時我又回到米羅主人的家，在臥室中坐了不久，浮蒂絲便進來了。「主人等你開晚餐。」她說。

我記住米羅慳吝的習慣，叫她帶去一個推託的有禮口信：「請你向他解釋，我騎馬整天已十分疲倦，我現在需要睡眠勝過食物。」

浮蒂絲把我的口信送去，立刻米羅出現，他抓住我的手腕，有禮地想把我拉到餐廳去。

「不，不，真的，我不。」我抗議道。

「你如果不隨我去，我決不離開這裏，」他說，他一手仍抓住我，一手上舉像是宣誓的樣子。我只好不再堅持，他帶著我又走回那張舊躺椅，他在躺下之前，先讓我坐在尾部。晚餐還沒端來。

「現在告訴我，」他說，「我們的朋友笛米亞近況如何？我想，他很好吧？他妻子如何？他孩子的身體健康嗎？佣人有什麼麻煩沒有？」

我把詳情告訴他。然後，他詢問我來哈巴達的理由，我又滿足了他的好奇心。晚餐仍未上。他又希望知道我家鄉的情況，並且問及我們公民領袖們的生平，最後他再詢問有關我們省長的私人事務並加以評論，我開始打盹——旅途已夠疲倦但是談話更糟——我講的話也不知所云。他見到我實在累死了，才仁慈地允許我去上床。

我能離開這臭東西滿心歡愉。雖然我吃的是「話」，睡眠像豐盛的餐點般歡迎著我。我蹣跚地走回臥室，像個木頭般睡熟了。

第二天早上我醒得很早，立刻便爬起床。我一向對任何新奇的事物都有强烈的興趣，因此我記起我此時正置身西薩萊省中心地，本省又以神秘與巫術之鄉而著名，而且阿里斯都門的故事也發生於此。我以超常的興奮心情，細心地望著周圍的一切。我如何能斷定全鎮的事物就如它的表面一樣？我心中一直存著到處都可能有惡魔的力量在作祟，我懷疑腳下石頭是否人所變的，我所見到的鳥是否是人用毛羽僞裝的——像神話的普羅新、泰流士與菲羅米拉一樣——我又開始懷疑屋邊的樹，甚至於射出噴泉的水龍頭。我心中已經準備在本鎮看見神像與石雕自基座上走下來，或且聽城牆說話，由牛羊告訴我奇異的徵兆，抑由天上的太陽予我秘諭。

在這種過於緊張與愚蠢的心境下，雖然四周環境毫無證實我疑慮的跡象，我仍按家逐戶地游盪過去，結果又發現自己到了糧食市場。一個婦人由一羣僕佣簇擁而來，她那珠寶的長耳環與滿飾寶石的長袍顯出她是上等階層。她身邊走著一個態度嚴肅的老人，他一看見我便大叫起來：「祝福我的靈魂！路鳩士在這裏。」他走向前來擁抱我，然後退一步在婦人耳邊低說了些什麼話，最後又走向前對我說：「來，來，路鳩士，你爲什麼不過來給她一個親熱的吻？」

「對於一位尚未介紹結識的女士，我決不能過於隨便，」我喃喃地說，臉紅得使我低頭下望足尖。她一直注意地望著我。「真的，」她說，「非常相像。雪維亞也一樣地苗條挺直，同樣的紅頰潤膚，同樣的整齊金髮，同樣地靈敏，灰亮的眼睛像我想起一隻鷂鷹，同樣雅好的走路姿態。」她又說：「路鳩士，你襁褓時我抱過你。沒有什麼可奇怪的，因爲你親愛的母親和我不但是父系表親①，而且是結義姊妹，在一起長大的。我們的唯一區別是她嫁給貴族，而我的丈夫是平民。我名叫柏媧娜——你母親對你敍述你幼時故事時一定時常提起過我的名字。你立刻來和我住在一起，把我的家當作你的家。」

---

① 著名的普魯達區是我們的祖父。

這時我已自不安中恢復。我解釋接受她的邀請會給我極大的愉快，不幸我現在是米羅的客人，如果搬出他家將是極大的無禮。「可是我仍然十分感激；以後我只要來本鎮，必將趨訪。」

柏嫺娜住在不遠處，我等會便可以欣賞到她房屋內院，四角是刻著花飾的石柱，上面是長翼的維多莉。這些雕像栩栩若生，在展翅的手上執著棕櫚枝，她帶露的足上輕覆著靜止的長袍，使你看不出它們是由同一塊石頭上刻塑出來的——她們似乎時刻會沖上雲霄。可是站在院子中央的巴利安大理石的塑像使我最感興趣，使別的東西全黯然失色。它是牽犬的狄安娜，真是佳作。當你進去時，好像女神迎面向你大步走來，風把她的衣服吹向後飄，使你為她莊嚴的身形而驚奇。她用皮帶牽著的犬羣全以後腿人立著，像要向前撲去。它們眼睛銳利，耳朵上豎，鼻孔掀張，下巴廣開，看上去十分兇猛，假如附近有狗吠叫，真會使你以爲聲音出自它們白色大理石的喉嚨。女神身後有個洞穴，進口處蓋著苔草、落葉與矮樹，到處攀緣著灌木與藤蔓；後面有片磨得極其光滑的石板反映著她的肩膀：脣下掛著成熟可吃的蘋果葡萄，這些石刻使人覺得置身於八月中。當你下望小泉時，它似乎自女神的足跡下噴出，你發現它與葡萄一樣活生生。但是不止於此，自灌木枝中露出阿克泰翁偷窺的面孔，他已半變成公鹿——它也反射在水面之上——這是他偷窺女神入浴的懲罰。

我以歡愉的好奇心觀察著當前景象，柏嫺娜說：「表親，這一切全聽你支配。」然後她把僕人遣走，對我低語：「憑女神的名字，貞潔之女神，路鳩士表親，我請你要時刻小心。我覺得對於你目前的處境十分關心，不過你必須瞭解我的感情，我視你有如自己的兒子。我必須警告你，一個非常莊重的警告，我怕米羅的妻子彭菲麗會用巫術來迷惑你。她是個有名

的巫婆，精通種種妖術，她只要對石頭、樹葉點點，

便可移星換斗
將天空納入地獄

她會愛上每一個她見到的漂亮男子，並立刻決定獲得他。她開始以奉承巴結向對方進攻，而迅速地征服後，便以慾之鎖鏈羈絆著他。如果她遭遇到抵抗時，她會憤恨萬分，立刻將她的罪犯變成硬物，或且把他變爲公羊、野牛或其他獸類，或且用手將他殺死。你可以想像到我對你的關懷，可是彭菲麗是個花癲，你正是她最感興趣的這類漂亮青年男子。」

我天性喜好冒險，當柏嫻娜提起黑色法術時，我感到特別的引誘，勝過我對彭菲麗的警戒心理。我無法抵禦研究她巫術的好奇心，不管我可能付出多大金錢價值，或陷入已受過警告的黑暗深淵。我的思想已被燃焚；我立刻把手自柏嫻娜掌握中抽出，像扯斷一節鏈鎖。匆匆道別後我便離開她了。我急奔向米羅家，當我瘋狂般在街上奔跑時，我對自己說：「事情來了，路鳩士！不過你得謹慎，因爲你的機會終於降臨：你心中一直有研究魔法的野心。撇開童稚的恐懼。勇敢而實際地面對這件新事——不過，你絕對要避開彭菲麗的任何糾纏。和你尊貴主人的妻子睡覺是一件道德上的污點。不過，並沒有理由禁止你勾引浮蒂絲；這女孩不但美麗、活潑、可親，而且她大半愛上了你。昨夜你要上床時，她帶你進房，替你舖床蓋被，然後給你一個溫柔的晚安親吻，坦白地表示她多麼不願離開你。記得她如何在走向門口時，對你頻頻駐足回首吧：所以，路鳩士，你的福氣實在不壞；不管將來是好是壞是兇是

吉，我的勸告是：進攻浮蒂絲。」我的心意已決，當我到米羅家時，充滿信心地大踏步而入，像個蒞臨會場的國會議員。

我發現屋內沒有別人，只有我可愛的浮蒂絲在爲她主人與主婦準備獅子頭，火爐上蒸鍋裏陣陣肉香傳入我鼻孔。她穿著乾淨的白色便裝，乳房下綁著根紅絹帶，當她偶然攪動蒸鍋或搓肉圓時，她的身軀扭動得更加迷人。

此情此景使我著迷地站定欣賞。許久後，我才開始發話：「親愛的浮蒂絲，」我說，「你攪動蒸鍋的樣子多迷人多漂亮。我喜歡望著你扭動臀部。你是個多了不起的廚師！可以碰到你那小獅子頭的男人是全世界最幸福的！這種肉圓比任何山珍海味都要好。」

她自肩側反駁。「走開，你這浪子，別把我的爐灶弄髒了。如果你靠得太近，火很旺，一點火星會使你著火，那時除了我，沒有別人會替你把火撲滅。好廚師，是嗎？是，我知道怎樣引起一個男人的……唔，他的食慾，如果你願意這樣說的話，並且知道如何使事情沸騰——無論是被窩裏面或是爐灶上。」

她轉身對我笑笑。等我對她自頭到腳看個飽後，我才離開廚房。不過，目前我只需要描寫她的頭；說實話，我對於頭部有種偏愛。每當我遇見一個美女；先進入我眼簾的是她的頭髮。我會仔細地看清楚，然後回去慢慢品評回想。我這種習慣有個合理的原則：人體上最重要最顯著的部分是頭髮，它使頭部美麗有如衣著顏色對於軀體一樣。事實上，其功用不止於此。你知道，當女人想顯出她全部美麗，除下花插披肩，脫掉華麗的衣裳，驕傲地展出她們的裸體時，她們了解對男人而言，最多彩富麗的服飾還不如女人裸體的淺柔顏色。可是——請原諒我可怕的想法並希望沒人會付諸實現——如果你把世間最美麗女人的秀髮剃掉，使她的臉失去天然的背景。那麼，那怕她來自天堂或像維納斯女神生於海中，我對她也毫無興趣。維納斯在小愛神陪伴之下，身上滴著芬芳的香油，腰中束著她著名的愛之腰帶，如果她是個禿頭，那麼她的引誘力會完全失去，即使像佛崗大神樣的忠心丈夫對她也會不屑顧盼。

看著美麗的頭髮在陽光中照耀是多麼的賞心樂事！隨著光亮的轉變，它的顏色會變幻無常。一時金黃，一時乳黃，或者黑得像烏鴉翅膀，突然又化爲鴿頸羽毛的灰藍色。塗上香油膏，用梳子細細分梳，後面結上絹帶——愛人可以用它來作照映自己美麗容顏的鏡子。哦，又如果把頭髮在婦人頭上梳個圓髻，或且讓她的鬈鬈秀髮垂在頸項上！我應該坦率地說，如果一個女人的頭髮沒有梳成合適式樣，任由她穿上珍寶綢羅，看起來仍然等於沒有打扮。

我覺得，浮蒂絲無需對髮飾有特別專門的學問，她可能對此道一竅不通。她的辦法是讓長長的濃髮垂在頸上，末端結成辮子，然後把它用絹帶結在頭頂；我無法忍抑著自己不在那個地方印上一個深長熱情的吻。

她自肩上回望我，她銳利的眼光似乎看見我的心坎。「哦，你這個小學生！」她說：「貪吃任何甜點，而不考慮到事後的苦果。今天我的味道可能是甜的，不過我要警告你，不久我會成爲塞在你咽喉中的苦膽。」

「美麗的，我怕什麼？我願意讓你放在火上煎烤，只要你答應事後給我一吻作爲酬報。」我用雙臂擁住她，不斷地親吻直至她降服。她也以熱情的擁抱回報我。她的氣息香得像肉桂，當她把嘴唇送來時，她把舌尖放在唇間，像是天堂來的佳釀。我喘氣地喊：「哦，浮蒂絲，你會殺死我了！除非你可憐我！否則我會死去。」

她用親吻安慰我，答：「你別怕死，只要你多忍耐一會。我愛你，我完全是你的。晚上上燈時刻我到你臥室來。現在走開，爲今夜之戰保持元氣。我會以必死的勇氣來與你終夜作戰。」

再纏綿一下後，我們分開了；中午柏嫻娜送來了禮物。一條肥豬，一雙半子雞，一瓶葡萄酒。他把浮蒂絲喚來。「看，親愛的，」我說，「我們忘了向酒神禱告，是吧？他一向幫助愛神，並替他助興，現在他走了。把整瓶酒留待今夜之用。它會消除我們的不安，並且供給我們工作上需要的力量。它給了愛之船整夜航駛的燈料；我們必須準備兩件事；燈中油和杯中酒。」

我下午在浴室消渡，回來時，看見我的兩個奴隸已自哥林多步行抵達，米羅和彭菲麗正在小餐桌上等待我。浮蒂絲使用我的一部分禮物，並且强迫米羅慷慨一次。他替我安排了一張躺椅，柏嫻娜的警告又湧上心頭，我躺了下去，盡量不讓彭菲麗看清我的形容。雖然我離她很遠，但是不禁時常地瞥視她一眼，看她是否像「無鳥之湖」一樣死寂；但是浮蒂絲一直服侍在側，所以我大多時間望著她，使我心安不少。

天已轉暗，桌上的燈點亮。彭菲麗看著燈蕊說：「明天會下大雨。」

「你怎麼知道？」米羅問。

「哦，憑燈亮。」

米羅笑了：「我們這裏有個名女巫。她每天晚上觀察油燈的情影，預言明天天象如何。」

我插嘴道：「這個小小的人爲火燄居然能替它的父親，火的源泉，太陽保留若干記憶，並能預告次日太陽的旅程如何，豈不令人驚異？不過比起我在哥林多所遇見的事，只能算是基本的卜占術。一位迦代翁的星象家以他對所有問題的答案準確而轟動全城。人們給他酬金請他推算結婚，奠基上樑，談生意，上路出海的日期。當我問他我此行的吉兇時，他的答案非常奇怪而且矛盾；例如，他對我說，此行會使我十分著名，而且我將會寫一本無人相信的長書。」

米羅又笑道：「你說的這個迦代翁人長的什麼樣子？他的姓名呢？」

「他很高，皮膚相當黑。他名叫代奧芬。」

「這個人曾經來哈巴達城作過同樣的預言！他賺了些錢，只能算是一小筆，但是到頭來似乎命運對他不吉利——或者是惡毒——或者是戲弄。事情是這樣的，有一天，代奧芬站在人羣中，大家都想聽聽自己的命運。有個名叫薛圖的生意人請他指定一天出門的日子。代奧芬告訴他後，薛圖打開錢袋準備付他一百金幣。這時有個青年貴族自後面而來，拉拉代奧芬的長袍。他轉過身，兩人熱烈地擁抱起來。『坐下，請坐下，』代奧芬說，他情不自禁而忘了他裝扮的無所不知的神情，『多令人高興！我永遠不會想到在這個地方遇見你。你什麼時候來的？』貴族答：『昨夜才到，不過，親愛的朋友，你必須解釋爲什麼突然離開尤波亞①以及你路上可安好？」代奧芬完全忘了處境大叫：『我希望我的敵人和寃家都會遇到我在旅程上的噩運。比起我的旅途，奧迪賽自特洛伊歸去的十年漂游簡直算不了一回事。開始，我們的船一出海便突遇暴風，經過無數游渦，船的兩隻舵全垮了，最後到西薩萊海岸時，船像塊石頭般沉了下去。我們没法，掙扎上了岸，行李全丟了，我們開始向人借乞金錢以完成整個旅

① 與西薩萊僅隔一條狹窄的海峽。

程。而且事情還不僅於此，我們又遇到强盜，我兄弟在抵抗時被人殺死。』」

「代奥芬還在敘述他的悲慘故事時，薛圖收起錢溜走了。這時代奥芬才發現他已經露出馬腳來；旁觀人全在譏笑他。不過，我忠誠地希望這位著名的代奥芬對你說的是實話，雖然你可能是唯一的一個靈驗者，希望你能繼續有個愉快而順利的旅途。」

米羅滔滔不絕時，我暗叫苦，我責備自己在這個時候和他談起這種逸事來，我怕我會失去夜晚的最佳部分以及它可能給我的歡樂。我終於厚顏地打起呵欠說：「請不必煩心再告訴我有關代奥芬的事了。我對於他所遭遇的噩運不感興趣，而且也不在乎海浪或强盜吞卻了他的財產。事實上，我大前天的騎馬勞頓還没有完全恢復。請原諒我向你道晚安，我要立刻回去睡覺了。」

我站起來走回臥室。在路上，我注意到放在院內我奴隸睡的小床，已被搬到離我房門最遠的地方去——顯然這是浮蒂絲防備他們聽見我們情話的措施——我内心感到一席佳宴正在等待著我。我床頭几上放著晚飯剩下來的佳肴和大杯葡萄酒，上面只剩下了放水的餘地，上面還有個寬口杯，以便斟酒更加容易。這場面使我想起角鬥士預備去參加大決鬥前的早餐。

我剛上床，浮蒂絲一定盡快地服侍女主人上了床，手執一束玫瑰出現在門口。一朵盛開的玫瑰插在她的乳間。她向我走來，緊緊地吻我，用幾朵玫瑰作個花環戴在我頭上，床上撒滿了玫瑰的花瓣。然後她拿了一杯酒，摻了些熱水，放在我唇前，但是我還没來得及喝，她又把它拿開，望著我慢慢啜飲，她像隻鴿子飲水一樣，直到杯中酒空爲止。

她連續地如此表演了兩三次，酒力上昇到我頭頂，也下降到我腿間。我變得暴躁起來，像個倒下的士兵顯露他的傷口一樣，我拉下睡衣，把我不耐的證據讓浮蒂絲觀看。

「可憐我，」我說，「趕快來救我。你看，我已武裝齊全準備赴你向我挑戰的無情戰爭，這種戰爭是任何天使無法止歇的。自從今天早上邱比特的尖箭插入我的心，我便整天武裝屹立，現在我的弓已拉滿，我怕如果不立刻吹起衝鋒號，我們有東西會爆炸。不過，如果要使我的戰火燃燒得更旺盛，親愛的，請把頭髮放下，讓它垂在頸項肩頭。」

她把盤碟移開，把身上每片衣服都脫下，放下頭髮輕搖頭部把它弄亂。她站在那裏，變成了一座活的雕像，自海中而出的愛之女神。她以紅潤的手假裝掩蓋著她的愛神之峯，表示她自知二者之間的肖似，自然，她握著它並非出於道德禮儀。

「來作戰吧！」她向我挑釁，「你必須勇猛地作戰，因爲我決不後退一吋，也不臨陣脫逃。如果你是個男子漢，那麼面對面地進襲，盡你最大的努力！用狂風暴雨對付我，殺我，在驚濤駭浪中死去。不至勝負分明決不罷休！」

我仰躺在床上，她爬上來，將一隻腳放在我身上，像個摔角士般地蹲下來，用跳動的雙腿與熱情扭動的豐滿臀部向我進攻。我的頭在搖曳轉動。如同愛的蘋果枝垂在我上面，我貪婪地吞吃蘋果，直到我吃不下爲止。最後我和浮蒂絲以難忍的感覺與流滿汗水的四肢緊緊地擁抱、喘息。

不過，我們喝了些酒後，立刻又元氣恢復開始另一場無武器的角鬥。我們一直重振無眠的戰鬥，偶然休息下來補充飲食，直到天明。

這是我們以同樣狂歡與激烈運動消遣許多夜晚的第一夜。

第三章　賽萊佛龍的故事

有一天柏嫻娜送來一封十萬火急的邀宴請帖，雖然我作了幾項推辭的藉口，可是她全不接受。無奈之下只好去找浮蒂絲，像人請教神壇上的女神一樣，聽她的勸告。她現在已不願讓我離開一步，而她原諒我當夜無法執行軍事任務，只能短短地交鋒一次。她向我警告說：「聽著，愛人！別在宴會上停得太晚。儘快回家，因爲哈巴達人夜後有羣叫墨鶴客黨人在逞兇肆虐。他們屠殺行路人，而使街上堆滿屍體。他們是城裏的名門子弟，而最近的羅馬軍隊在數哩外，所以没有辦法終止紛亂情勢。你特別有被攻擊的危險，因爲那些墨鶴客對外來人毫不尊重。當他們看見你衣飾表示出貴族身份，更希望在你身上一試他們的劍術。」

「你別愁，親愛的浮蒂絲，」我對她說，「晚餐對我，遠不如我們的愛筵更有吸引力。所以我答應你盡早回來以減輕你的渴待。再則，我會帶上此劍，對於使用它自衛我十分拿手，而且我帶個奴隸一同去。」

晚宴可稱相當豐盛。柏嫻娜是哈巴達城的首要女主人，所以與宴者均非無名之輩。桌子是用上等磨光的枯木做的，上面嵌著許多象牙。躺椅上覆著金絲布罩。每個酒杯都是不同的工品，但是全是傑作——鑲著上玉的玻璃，水晶，雪亮的金、銀、或是雕刻的琥珀，或其他雕空的玉石。總之，你只要往不可能的杯子方向去想，大概八九不離十了。許多穿著制服的侍者流水似地來往送菜，美麗的鬈髮小廝上下快跑地將陳年佳釀斟入珠寶酒杯中。

天已暗，僕人們上燈後，談話更加生動。柏嫻娜轉向我問：「哦，表親，你覺得我們可愛的西薩萊如何？據我所知，在世界各處以我們最爲進步，你只要憑宮殿、浴室及其他建築來比較便可知道。而且我們私人住宅也無比華麗。任何來參觀的旅客可以自由地依愛好作選擇。如果他來作生意，那麼可以在我們交易所中欣賞羅馬的興盛。如果他想休息，此地有些和鄉村一樣幽靜的房屋。」

我熱情地同意。「在我所有旅行過的地方，以此地使我感到最舒適——雖然我必須承認對於此地的巫術甚感恐怖，因爲人無法預防戒備它。我聽說他們甚至於不尊敬死人——他們掘挖墳墓尋找屍骨，而將屍體上的肉割下焚燒以作祟鄰人生命。有些老巫婆，只要一嗅到死人氣味，便會疾奔而去，在死者家屬抵達之前蹧蹋屍體。」

「這些都千真萬確，」我同桌的一位男士說，「而且他們也不放過活人。不久前，有個我無需提名道姓的人，慘遭這些地獄出來的傢伙毆打。」

這句話才說完，響起一陣難抑的大笑，人人轉身望著一位斜躺在桌角上不引人注目的客人，笑聲不停，那個人十分難爲情地喃喃怒罵自己，他正想離去時，柏嫻娜向他作個手勢叫他別走。

「不，不，親愛的賽萊佛龍，」她勸阻道，「你不可以如此離席。表現出你平常的好脾氣，並且再告訴我們你的遭遇。我相信，親愛如我自己兒子的路鳩士一定希望聽見你親述這個故事。那是個佳妙的故事。」

他仍然生氣地答：「我的柏嫻娜女士，你一向是最好的女主人，你的好心腸令人難以忘懷。可是我對同桌客人的侮辱確實難忍。」

柏娴娜堅決地告訴他，如果他違反她的意願，縱然她爲他安排的是一件難題，她希望他不至加以拒絕令她不快。於是他把椅布作成一堆，斜躺著，左肘墊在上面，然後用右手作出演講時請人注意的姿勢，食指與中指駢伸，拇指上豎，另外兩指縮回表示幸運。

下面是他講的故事：

「當我還在米利都唸大學的時候，我去參觀奧林匹克運動會。過後，我感到欲去拜訪北希臘的强烈願望。我在西薩萊旅行過大部分城鎮。一個倒霉的日子，我到達拉利沙，這時我帶出來的錢差不多全用光了。我在街道上下閒盪，打算如何再充滿我的錢袋時，我看見一個高高的老人站在市場中央的一方石塊上。他直著喉嚨在向公衆宣佈，說將給一筆巨賞給願意守屍一夜的人。

「我問一個路人：『這是什麼意思？是否拉利沙的屍首有跑走的習慣？』

「『噓，孩子，』」他答。『我看得出你完全是個陌生人，否則你會知道在西薩萊，魔巫們時常有咬下死人臉上肌肉以煉魔藥的習慣。』

「『哦，你可介意把看護屍首的責任見告？』

「『當然不介意，它表示要整夜注意地看守。眼睛必須不瞬地望著死屍。你知道，那些可憎的女巫有隨意變化身形的魔力；她們會變做鳥、狗、老鼠甚至於蒼蠅——她們可以逃避過法庭的檢查——而且使看守人沉昏欲睡。我沒有辦法一五一十地把她們欲逞其獸蠻食慾及所有超人的技倆告訴你。而且平常這種工作只有一百至一百五十金幣，實在不值得冒此巨險。哦——我還幾乎忘記告訴你，如果第二天早上他不能把交給他的屍首原封不動地交還，則法律將允許割下他臉上的肉來補償失去的部分。』

「他的話嚇不了我。我勇敢地告訴喊話人，叫他無庸再繼續宣佈。『我準備接受這項工作。』我說，『他們給什麼價錢？』

「『一千金幣，因爲這件工作需要異常的機警以對付那些可怕的巫怪：死者是本城公民領袖之一的兒子。』

「『這些胡言亂語不足使我動心，』我說，『我是個鐵的人，我決不會昏昏欲睡，我有比亞哥號上林修斯①敏銳的視力。事實上，我可以說是全身皆眼，像奉宙斯之命看守仙女愛娥之巨人奧加斯。』

「我還沒對自己的能力介紹完畢，老人已趕我到一幢大門上門下鎖的大屋。他帶我自扇小邊門進去，經過一段走廊到了一間百葉窗深垂的臥室，裏面有個穿黑衣的女人在幽暗中坐著號啕大哭。

「老人走到她面前說：『這個人願意今晚爲你丈夫守夜：他同意了酬報的數目。』

「她把遮住她美麗而憂傷面孔的頭髮掠後，求我到工作崗位上去守夜。

「『你不需擔憂，太太，只要你事後給我值得的報酬。』

「她失神地點點頭，站起來帶我走到鄰室去，她讓我看見躺在木板上包著白紗布的屍首。她又哭了一陣後，召來七個穿喪服的人作證，她的秘書帶了他的文具。然後她說：『先生們，我請你們來作證，證明鼻子沒有損傷，雙耳也一樣，眼睛在眼眶中，雙唇與雙頰都完

① 希臘神話中傑生率其徒五十四人往哥林多求金羊毛時乘亞哥號船，船員中之林修斯以善視名。

好，』她每說一樣，便摸摸每個部位，秘書寫下證詞，並由證人簽名蓋章。

「當她要離去時我對她說：『太太，你可願意給我守夜所需的東西？』

「『什麼東西？』

「『一盞可以燃到天亮的油燈，幾瓶酒，滲酒的熱水；一個杯子；一盤你們晚飯剩下的冷肉與蔬菜。』

「她生氣地搖搖頭：『多麼荒唐的請求！這個守喪之家早已數日不曾舉火，那來的肉和蔬菜？你以為你是來享受一頓豐盛的晚餐？你應當和我們一樣哭泣哀悼才行。』然後她轉身向女僕說：『瑪麗娜，去把燈裝滿油，立刻拿回來，把門關上讓看守人工作。』

「我和屍首獨居一室，我用手猛揉眼睛，提起精神開始守夜。黃昏轉為黑夜，夜越來越深而越來越黑，過了正常的睡眠時間已經接近午夜。我起先只微感不安，可是突然有一隻鼬鼠自門上破洞裏擠進來時，我不禁感到一陣恐懼。它停在我旁邊眼睛盯著我。這小動物的無懼非常反常，可是我強自大叫：『走開，你這骯髒的小東西，否則我要扭斷你的頸子。快跑，去和你的老鼠朋友捉迷藏。你聽見了嗎？我不是開玩笑。』

「牠轉尾溜出房，可是牠才去，一陣昏沉的睡意襲來，把我拉到無底的夢淵中去。我跌在地上躺著，死也般的睡了，連阿波羅大神也分不出誰是屍首誰是活人。似乎我也已經死去，我的屍首失去了看守人。

終於暗夜隱逝，
而黎明之哨兵尖啼——

——雄雞高叫把我喊醒，我拿起燈恐懼地跑向木板。我把屍布拉開，仔細地審視死者的面孔；我如釋重擔地發現它沒有缺損。正是這個時候，寡婦開門跑進來，她還哭著，背後跟著七個證人。她投在屍體上不斷地吻它，然後她拿過油燈看它是否和原來一樣。她轉身叫：『菲洛德斯波圖，來！』

「她的僕人來了。『菲洛德斯波圖，立刻把錢付給這位青年，他看守得很好。』

「他數錢給我時，她說：『多謝，青年人，多謝你忠心的服務；本宅對你至感謝忱。』

「意外的好運使我欣愉，我輕輕地上下玩著金幣，答：『我非常感謝你，太太。如果你再需要我的服務，我將感到萬分高興。』

「我的話還沒說完，全家人都擁上來打我咒罵我，望能因此消除可怕的凶兆。一個人用手在我臉上給了一拳，邊上有人踢我。我的肋骨遭人亂毆，頭髮被拉，衣服破碎，最後他們把我鬨出屋，我像被野豬追趕的阿道尼斯①或被賽拉西女人撕成破碎的奧佛尤斯②一般地狼狽。

「當我在隔壁一條街上休息恢復神志時，才知道自己說錯了話——這句話可真不合時宜。不過我認為自己受懲頗輕。

「經過習慣的『召魂』——親屬痛哭呼叫死者的名字以防他僅是昏暈過去，隨後屍體移出屋外。因他是個相當重要的人物，所以得任社會公開觀禮出殯。隊伍轉到市場時，一個老人

---

① 希臘神話中維納斯之情人。
② 希臘神話中之音樂名家，其作樂可感動禽獸木石。

滿面淚水地跑來。他極端悲傷地扯著頭上白髮，又用雙手緊抓住未蓋的棺柩，高喊著復仇。

「『哈巴達的紳士們！』他聲音哽啞地叫！『我懇求你們主持正義、榮譽與社會責任，在諸位君子旁邊的是我可憐的侄子。他的死亡是這個惡婦，他的寡婦謀害的。她，她是唯一的兇手。爲了隱瞞她秘密的戀愛醜事以及圖謀佔據丈夫的財產，她殺了他，用慢性毒藥害了他。』他繼續呻吟嘶叫，直到引起羣衆們憤怒的同情，認爲他的控告一定有良好的理由。有人叫：『燒死她！』又有人叫：『用石頭砸死她！』有些青年無賴想對她施用私刑。

「不過她以眼淚與發誓否認她的罪（雖然路人不大相信），虔誠地要求上天神聖見證她的無辜。

「『既然如此，』老人說，『我願意把這件事交上天裁判。這位是埃及人查克拉斯，他們國家中的著名降神師，我以極大的報酬請他把侄子的靈魂自九泉下召回，使死屍復活一段短暫的時間。』

「他介紹給羣衆的是個身穿白袍，腳踏棕櫚草鞋，剃短頭髮的人。老人吻吻他的手跪下祈求。『可敬的師父，』他叫，『請可憐我。我的天上星辰，地下神祇，自然的五因素，夜之靜寂，柯普島的水壩，尼羅河的洪流，默菲斯古城的神秘與法老的聖蛇諸名——我憑這些聖名請求你讓我侄子的靈魂暫回溫暖的陽光下，請把他被死亡國度剝奪去的視覺暫時交還，使他的眼睛再度發亮。我不敢與命運抗逆，我不否認墳墓乃是他的歸宿；我的要求只是暫短的回陽，幫助我找出殺他的兇手——如此可使我的悲慟稍獲慰安。』

「降神師開始作法，他用種小草根碰觸死者的嘴唇三次，又在它胸上放一次。然後他轉向東方，向初昇的圓形朝暾無聲地祈禱。市場中擠滿了參觀作法充滿期待的羣衆，等著奇蹟出現。我自羣衆中擠進去，爬上棺後的一塊石頭上，我在上面以時刻增加的好奇心注視著。

「漸漸，死屍的胸膛開始起伏，血管中的血液又流動起來，鼻孔又開始呼吸。他坐起來以奇特的聲音說：『你爲什麼把我召回到短暫的痛苦塵世？而我正在痛飲忘川之水，浮沉於黃泉之上。別來惹我！我說，別惹我！讓我無憂無慮地長眠！』

「降神師高聲說：『什麼？你拒絕對此地的同胞講話澄清你神秘的死因？你難道不知道，如果你隱瞞一點，我會叫可怕的鬼卒在刑臺上折磨你疲倦的肢體？』

「死人聽完又坐起來對衆人說：『我昨天才睡過的床今天已經不寂寞，我的敵人睡在上面。我新婚的妻子對我不忠，把我毒死。』

「這時他的遺孀表現出可觀的勇氣。她以誓咒否認一切，開始與死去的丈夫反駁爭辯，似乎世間無對死者尊敬一事。羣衆也聚訟紛紜。有人說要把惡婦活埋在死者的墳中；但是有人拒絕相信一個無思想的死屍的證詞——他們說它十分不足採信。

「死屍立刻排解了爭執。它又以空洞的呻吟說：『我提出一件無法爭辯的事來證明我所說不虛。我願意說出一件除我之外沒人知道的事。』於是他指著我說：『當那位有學問的青年學者小心地替我守屍的時候，可惡的巫婦徜徉在附近等待機會來作祟，她們使盡心機換幻形容，然而全被他看穿詭計。因爲門戶緊閉，所以她們變成老鼠自小洞裏爬進來。她們在他身上撒下睡霧，使他立刻不省人事，然後，她們不斷地喚我的名字，希望叫我服從她們的秘令。我的關節已衰，肢體冰冷，雖然盡力掙扎也不能立刻答應。這個睡得像死樣的學生恰巧和我同名。當她們叫：『賽萊佛龍，賽萊佛龍，來！』他機械地答應。他像個無知覺的鬼魂樣站起來，把臉給她們殘害。她們先把他的鼻子割下，然後拉他的雙耳。她們爲了遮掩她們的作爲，替他按上一個和他鼻子一樣的臘鼻，以及一雙耳朵，這位可憐的人還以爲他的守夜得到良好報酬，而不知道已經受到可怕的傷害。』

「這個恐怖的故事使我立刻把手放上面孔看他是否真確，可是我的鼻子掉了下來；我又摸摸耳朵，耳朵也落下。羣衆一百個手指指著我，大家哄然大笑，我流出一身冷汗，從石頭上跳下，像隻喪家之犬樣從他們胯下鑽出去。自殘形之後，我永不再回米利都，現在我用長髮遮住耳朵部份，而黏上帆布鼻子以爲僞裝。」

酗醉的餐客在故事到達高潮之前已開始捧腹大笑，並且不斷地爲笑神舉杯。柏嫻娜解釋說：「自從哈巴達城建立以來，我們一直有種獨特的慶宴大會：笑日的欣騰大慶祝。我相信你明天一定會參加典禮，特別希望你自己會想出笑謔之法以作爲對大典的奉獻；你知道，笑神是我們最尊敬的神祇。」

「我一定與會，」我高興地答。「我真正希望我可以創出些真正良好，真正可笑的事，那麼我將不會慚愧地把它掛在貴城偉大神祇的頸項上。」

這時我已經喝得十分盡興，當我的奴隸走到桌邊對我說已近午夜，我匆忙向柏嫻娜告別後，便顛倒地走向黑暗中去。奴隸提著一盞燈，可是街心突然吹來一陣風把它撲滅，我們只好困難地逐戶摸索，時常足趾踢到石子而摔跤，最後終於到了我們巷口時，我忽然看見三個束皮帶的大漢在用勁撞米羅的大門，他們想破門而入。他們對我們的來到似乎毫不在意。而且比以前更兇猛，他們使力地想把門踢破。我斷定他們乃是盜賊惡徒，我的奴隸也認爲如此，我自披風下抽出準備應急的長劍，我向他們衝過去，當他們轉向我時，我一一用長劍向他們胸膛刺入，他們倒了下去，當他們意圖掙扎起身時，我又用劍猛刺，直到他們在我身邊送命爲止。

吵嚷聲吵醒了浮蒂絲，她跑來爲我開門。我滿身大汗，氣喘如牛地躺在床上。我立刻睡著了，這場戰爭，使我像赫克利斯與紅島之王作戰一樣，令人精疲力竭。

第四章　笑神慶典

當黎明抬起玫瑰色的手臂①驅使她發光的駿馬馳上早晨的天空時，我自熟睡中醒來。似乎黑夜把我交給白晝看管，因爲我記起昨夜在黑暗中犯下的暴行，我的心中騷亂非常。我駝坐在床上，雙腳交叉，雙手抱膝，手指不停緊張地伸合著。我突然哭泣起來；心中想起我在法庭，我的審判定讞，我的執刑，我的劊子手。「我怎麼能希望找個法官，」我自問，「如此仁慈諒解，不認定我故意殺死三個無武器的人爲有罪？也許這正是迦代翁人代奧芬預言我將成名的原故！」

我仍在床上沉思自己不幸的歷程與其可能的後果時，我聽見大門口有呼叫與重敲的聲音。立刻大門打開，衝進一大羣人，帶頭的是政府官員和鎮警。他們進據了每個房間。兩個警員奉命逮捕我，雖然我没有抵抗，但是他兇猛地拉著我，我們走到巷口時，我極其驚訝地看見一片人海在等待我；全哈巴達的市民幾乎全在場。當我慢慢而悲戚地沿公路而行時，我望著地，我怕我的靈魂不久就要被打進憂鬱的陰間。有件事更令我奇怪，當我仰望路邊簇擁的囂叫人們時，我看見數千人之中没有一個不是在放聲大笑。

① 以詩人的口吻説。

他們沒有把我押到審判罪人的市場，而轉來轉去沿街迂迴，好像我是個犧牲罪犯，必須把我在本市各大街上遊行示衆。他們一定是預見了不祥的徵兆，因此用來和緩神祇的怒意。最後，我被押進罪犯席，官員們在法官座上就坐，當執達吏吆喝肅靜時，每個角落傳來抗議之聲。「天啊，免了這種虛儀！」「我被擠死了！」「到戲院裏去審判他！」「停止！停止！」「到戲院審判！」

由於羣衆對此審判表現出無比興趣，官員們只好同意改變場所；羣衆以極大的速度進入了戲院。每個座位全坐滿，每個通路都擁塞住，甚至於屋頂上全堆滿了人，有些人踞在石墩上，有些人攀著雕像，有些人擠在窗口或跨在房樑上，爲了參觀我的審判沒有一個人顧慮到自身的安全。警員把我押上舞臺，把我放在中央略右靠近樂隊席的地方，似乎罪惡的奉獻有待公衆的參觀裁決。

執達吏又開始高叫，這次他宣召控方的主要證人。一個我素不相識的老人走上來。他被請求盡量發言，只要鐘裏有水他便可以說下去；一個大球，水自其中流向窄頸，又從那裏經過細孔而下入基座。他說的話如下：

「我今日的責任，法官諸公，是來爲一件我認爲相當重要的事作證；因爲它影響了本城的安寧，我相信大人們的判決不會輕易赦免這個殺害了我們數位同胞的血腥兇手。大人們決不可認爲我作此指責乃是基於私人仇怨或敵視。事實上我是本鎮守夜隊隊長，我堅信沒有一個活人會控告我不忠於自己的職守。那麼，讓我把昨夜的事情詳細報告。在午夜時，我剛在全城各條街巷查看是否安寧無事之後，我忽然注意到這位青年，瘋狂似地執劍朝城牆外的小巷衝去。我帶著手下來時，看見三個快死的人血流如湧躺在他腳邊，兇手立刻跑了，顯然自知犯下滔天大罪。雖然天色黑暗，但是我們看得見他跑進附近的一幢房子。他在那裏躺了一整夜。我們嚴守著大門，神祇慈悲，決不會讓這種罪人逍遙法外而不被懲罰。今早，我們在他自後門逃走之前抓住了他。現在我把他押在大人們之前，讓他自食其所犯的惡果。他是在現場被捕的一級兇手，雖然他不是西薩萊本地人，我相信他的罪刑將與在本城登記署有姓氏的人同樣嚴重。」

他還沒說完，執達吏便跳起來命令我答辯，似乎他早知我有話好說。起初我只有哭泣；並非由於他對我所作的無情指控，而是因爲我良心有愧。但是最後我終於鼓起勇氣懇求。

「大人，」我說，「我希望把你們三位同胞——他們的屍體便是對我不利的證據——在我手上死亡的實情奉告。我完全明瞭要說服你們與大會我絕非故意兇殺一事十分困難。

「可是你們十分仁慈，給我一個簡短說明的機會，我願意證明今日我之所以受審並非由於我本身的罪惡，而是由於這件偶然事件所引起的正義憤怒。事件經過情形是這樣的，昨晚我應邀赴宴，回家時比平常晚些，而且又喝了些酒——我自己承認——當我抵達你們可尊敬的公民米羅——我是他的客人——住宅時，我看見一羣强徒在撬大門想强行衝入。他們已經打壞欄杆，當時顯然成爲全屋每個人生命的威脅。他們的領袖是個大個子，大部分破門工作由他擔任，他叫：『來，孩子們，你們做的是什麼工作，我們一進去，可以把每個儍瓜殺死。現在已經不能後退，任何反抗的人全把他的頭打破，睡在床上的全叫他長眠。死人不會開口。』大人，那時我承認我拔出佩劍，它是我用來自衛的。我認爲我必須用武力來把這些强盜趕走。但是他們看見我有武器，不但沒有逃遁，反而站定準備作戰。他們的隊長，如果我可以這麼稱呼他，向我直衝過來，用雙手抓住我的頭髮，把我的頭往後仰。他大叫：

『快，拿一塊石頭來，把他頭砸碎！』幸好他還沒得到他所要的東西，我已經用劍自側面刺進他的身體，他跌倒死在我腳下。另一個抱住我的膝蓋咬我的腿，可是我準確地刺進他的肩胛骨，最後，迅速地抽出佩劍向著對我衝來的第三人刺去。

「戰鬥完了，我自己慶幸保全了主人夫婦的生命並保衛了本市的安寧。事實上，我不僅冀望原宥，而且也希望獲得政府的獎章。現在，我對被控故意殺人至感奇怪不解。何況，我在故鄉是個高尚人士，我從沒犯過輕微過失，我把榮譽視爲全世界最值得珍惜的東西。在場的人沒有一個可以證明在昨夜以前曾經和那些可憐的惡徒有過口角，或者我和他們有過一面之緣。如果我被控劫掠，那麼請對方證明我自死者身上取過一項物件。我只向正義的殺人認罪。」

我又淚水滂沱，伸出雙手懇求聽衆們的人性判斷。我請求他們給我最神聖的同情。當我想眼淚與哀傷已產生了有利的印象後，我呼籲無所不見的正義與太陽在諸神祝福的會議之前宣佈我的清白。最後我才敢把頭稍稍抬起。我意外地發現聽衆間充滿了難抑的愉快之情——聽衆全體，包括我的主人，我的朋友，我的保護人，坐在最前面的米羅，都正在恬不知恥而喘息地大笑著。

我想：「慈悲的上天，他沒有心肝嗎？他沒有良知嗎？我使他的房屋免遭浩劫，我救了他與家人的性命，但是我在此地被控殺身大罪，他卻不願動指相救。他坐在那裏，像是在欣賞我的死亡而狂笑。」

這時有個穿喪服的青年婦人，胸前綁個嬰兒，急忙自中央走廊上走下來，她後面跟著一個穿破衣的醜婆，兩人都高聲慟叫，一面搖著橄欖枝求告。她們走上臺階，彎身向著白被單下石凳上的三具屍體搥胸哀叫。醜婆嘶喊道：「大人，以憐憫之名，以良知之名向你們哀求！這些優秀的青年人全有老母寡婦，她們要求嚴懲獸性的兇手毫不寬貸。」年青女人尖叫：「他們之中年紀最大的是我丈夫，現在我是個可憐無告的遺孀。可是不管我的命運如何，大人，我請你們至少記著我的小孩，他這麼小便成了孤兒。我請你們以兇手的鮮血洗淨在我們法治哈巴達城內所從事的可怕罪行。」

官階最高的官員起身對人民說：「任何人，包括被告路鳩士，都不能否認這是個應課重刑的罪行，我們現在的責任是找出他愚行中的共犯。似乎他單手殺死三個壯漢是相當不可能的事情。而陪他回家的惟一證人，他的奴隸，卻神秘的失蹤了，所以我們要他吐實怕只有借助刑求。如果要使我們心境平安，只有强迫他說出他的同黨。他們可能計劃新的暴行。」

希臘人用的刑具立刻搬了出來；炙燙腳跟的炭銅爐，刮削關節的鋸輪，九尾鞭與老虎凳更是不在話下。不能全屍而死令我加倍悲愁。當我等待受刑時，那個方才吼叫的老醜婆又向長官懇求：「在你把謀害我可憐孩子的兇手正法之前，大人可否允准把屍體揭露使人人看看他們多麼年輕漂亮？那會使你更加鐵面無私；你會堅持施以比罪行更慘酷的報復。」

滿場喝采。官長立刻命我到屍台邊親手把屍布掀開。我拒絕作這種事，但是身邊的警員强迫我聽命。他們要我揭露死者面目而加重我的罪行，這是可怕得難以服從。他們把我手彎扭轉，把它伸向死者。我無計可行，只有服從而不顧其後果如何。我恐懼而頑固地抓住屍布一把拉開。

可是上天啊！這是什麼？特殊的場景，忽然整個的情況改觀，我本來自知已成地獄女魔的奴隸，注定在她夫王的地獄中痛受折磨；然而，現在，全然不是了！我像個白癡般呆呆地站著，甚至到今日我還無法完整地形容當時的愚騃。三具屍體只不過是三個扁酒囊，幾個部位已經被刺穿！而照我敍述與强徒作戰的經過，這些小孔完全與我的劍刺相符。

於是方才被惡作劇的主持人所强行壓抑著的笑聲，現在高聲地揚盈在戲院之中。有一部分人還能開心地稱讚我是個可笑的好傢伙，但是大部分人只能捧腹大笑。審判的事驟然結束，人潮擠向門外，每個人還轉臉歡愉地回望我。

揭開屍布後，我一直呆如木石地癡立著，就像是根支撐著屋頂的大理石柱；當我的主人米羅過來溫和地把我强拉走時，我的靈魂似乎還沒有自死亡陰影下漂浮歸來。我的眼淚又如泉湧，我無法抑制抽搐性的哭泣；他把我自僻街側巷領回家免得被人撞見時感到難堪。他愉快地安慰我，然而我滿腔憤怒；我如此地受到侮辱與災難，而他卻不加援手。

官員們立刻穿著官袍到我們的屋子來，盡心盡意地取悅我。「路鳩士大人，」他們說，「我們明白你的階層與高尚地位，因爲令堂家族馳名全希臘；所以你心中千萬不要以爲我們加施於你的是侮辱戲弄。請你忘了一時之憤。我們每年今日都要舉行一次隆重的笑神慶典，祂是神祇中最好的，年年都要以一種新鮮的玩笑作爲慶祝。現在笑神將愛撫地跟隨你，永不讓你憂傷，祂也要在你的額頭上塗下與祂自己相同的歡愉色彩。而且我們已一致同意，把最高的榮譽贈予你：你已名列最尊貴的佳賓之中，而且你的銅像即將在市場廣場揭幕。」

我有禮地答：「請向這個光榮無比的城市的市民代爲轉致我對於所賜尊榮的深切感謝；但是請原諒我，我建議他們把這個公共的石像保留給長者及比我更有價值的人。」我强擠出微笑，彬彬地向他們告退，盡量給他們一個我已十分快樂的印象。

他們一走，一個僕役跑了進來。「柏嫻娜夫人向你致意，請大人記住昨夜已經答應的晚宴之約，客人們將立刻來臨了。」

一提起她的家，我感到一陣冷顫，我答：「請向夫人致意，我實在十分願意赴會，但是我有個無法擺脫的約會。我的主人米羅奉今日慶典的主神之名，邀我今夜共餐，他堅持除非有他的陪同，不讓我獨自離屋。我抱歉必須婉謝今晚盛宴的美意。」

米羅帶我到最近的浴室，令一個奴隸替我們攜帶著浴具；誠然，我到什麼地方，笑神總是陪伴著我。遇上的每個人都會幽默地對我致意，而我只好聳聳肩。我緊貼在米羅身邊，爲了自己的形容像個笨伯而羞愧。我如何入浴，如何塗油，如何擦乾，如何歸去，我已經記不得了，被人眼光瞪視、輕觸或指點之下，我迷惑得如行屍走肉。

在米羅家我用了頓貧陋的晚餐，然後告訴他哭泣過度使我頭痛，我必須立刻上床。米羅立刻和我道別。我回房猛然倒在床上，痛苦地回想著今日的遭遇。

我親愛的浮蒂絲侍候她女主人上床後立刻溜了進來。她不像以往那麼喜悅活潑，顯得有點緊張不安。沉默許久之後，她囁嚅地說：「我有事該向你懺悔，路鳩士；你今日的不幸應該責備我。」於是她自圍裙下取出一條短鞭遞給我。「來，接著，責罰出賣你的女孩；是，盡量用力地在我身上任何地方打下。不過，你不可以認爲我是故意使你憂愁的。我請諸神作證，爲了我的過失使你遭遇到不幸與煩惱，我實在願以自己的血來代替。但是噩運總是尾隨著我；我奉命做一件與此全不相關的事，結果卻傷害你。」

我的殘酷遭遇不曾壓倒我的好奇心，我希望對於這個酒囊的神秘事件一明究竟。我憤怒地叫：「你把這個惡毒可怕的東西拿來請我鞭打你？在它碰到你凝脂般的皮膚之前，我會把它打碎成細片。可是，親愛的，老實告訴我，你做了什麼事竟使我如此悲慘。我對你發誓，我對你那我所愛的臉龐發誓，任何人，連你自己，也無法令我相信你有意傷害我；公正的原則是任何無辜的動機，既使它產生噩運的後果，也決不能以罪行相視。」

她半閉的眼睛濕潤、畏懼，而且充滿了欲望。我以飢渴的親吻自其中吸吮愛情；這使她精神轉佳。她說：「首先，我必須把門戶緊閉以防竊人聽了我對你說的話——非常秘密的——否則我們會陷入麻煩。」她把門鎖上了閂，然後回到床上擁著我的頭，雙手緊鎖在我頸後，低聲說：「如果我不是絕對相信你會保守機密，我決不會把這家裏可怕的祕密告訴你。你出生高貴家庭，你有高貴的靈魂，而你已置身於許多宗教性的神秘環境。我知道你決不會把我對你說的話告訴任何活人；我對你的深愛使我對你吐實，你是世上我唯一相信的人，似乎這是個無關重要的故事，但是你必須將之鎖在你心中黑暗的角落，以作爲對我的回報。因爲它有關我女主人彭菲麗和她那役鬼驅神、移星轉斗的巫術。

「每當她愛上一個好看的青年人——這種事時常發生——她便狂熱地運用巫術。目前，她瘋狂地愛上一個波奧加青年人，他長得可真漂亮英俊。她使用最厲害的魔巫引誘他，昨夜我聽見她威脅太陽，如果他不趕快下山，讓她有更長使用法術的時間，她將把烏雲圍繞他而使地上暗無天日。當他看見波奧加人到理髮店去理髮，便私下令我到店裏去拾幾根掉在地上的頭髮。我盡量地小心行事，理髮師早已知道我們屋裏行使黑魔術的惡名，於是他抓住我說：『現在，小巫女，你太過份了。什麼時候才能停止偷竊我漂亮顧客的頭髮？除非你立刻停止這種胡鬧，我警告你，下次我把你扭送官去。』於是他粗魯地在我胸前摸索，把放在那裏的髮撮拉出來。他生氣得不得了。我也十分難過，因爲我十分清楚我主人的脾氣；每當她生氣時，總是暴躁如雷，毒打我一頓。我暗想：「我該跑走嗎？」然而我想起你，便打消了這個念頭。當我憂愁地走回家時，在路邊看見一個人拿著剪刀正在修剪羊皮上的毛。羊皮掛在店前，繩子緊綑在它頸上，身體吹得很脹。而羊毛剛好是黃色的，和那個波奧加人一個顏色。我檢了幾束帶回去給我女主人，我没有告訴她這頭髮到底是怎麼來的。

「天快暗時，她十分興奮地爬到閣樓上去，她認爲那裏是她施行法術的好地方；那裏四面通風，特別可以看到一片寬闊的東方天空。她早已把工作的法具放在那裏：各種香料、刻著符咒的金屬片、惡鳥的爪牙、種種死魚乾——在一角，她收藏著死人的手指、鼻子，另一角是行刑時用來釘手掌腳踝的釘子，上面還沾有肉碎——還有取自被她謀殺者身上的帶血膀胱，和被棄屍餵鳥的罪犯頭骨。她開始在一些猶有餘溫的抖動著的動物內臟上念些咒詞，然後將它們浸在溫泉、牛乳、山蜂蜜和藥酒裏。她又將我給她的羊毛編成髮辮，又打個特別的結，投進炭火上大量的香料中。這項魔法靈驗非常——你知道，它有許多兇神惡煞支持；頭髮在火上生煙作響散出氣味，會令它的主人應召而來。你曉得，波奧加人没有出現，羊皮卻欲破門而入，它已經被神秘地賦有了人的氣息、意識與思想。不幸，你卻醉醺醺地來了，在黑夜中，你把他們誤認爲强盜。於是你英勇地拔劍，像瘋狂的阿亞克斯把羊羣錯當作敵人；不過你比他的行爲更高尚，因爲你連一滴羊的血都没流下。那麼，親愛的，你安全地在我懷中，雖然你經過了一場屠殺——而你的死者只是酒囊而已。」

我向她開玩笑地說：「是，我是個平凡的赫克里斯。我的第一場仗像他刺死三身的吉央王或他捕獲三頭狗塞柏魯斯。如果你要我原諒你替我製造的緊張，我堅持你爲我作件事。這樣：下次你女主人召神驅鬼，特別是作法把自己變成動物時，我希望能秘密地在場。我決定盡量了解巫術的一切。而且，你似乎也在其中佔有一份。這件事是我確信不移的：雖然我常常將與高貴女士們的愛之糾葛引爲羞恥，然而我現在完全成爲你明亮的眼睛，你玫瑰般的雙頰，你發光的頭髮，你芬芳的雙乳以及你半闔給我親吻的雙唇的奴隸。這是個心甘情願的奴隸。我不想離開你，而且對於遠離家邦毫不悔咎，我願意犧牲一切，也不願錯過你今夜爲我準備的歡樂。」

「我願意聽君之命，親愛的路鳩士，」她說，「可是彭菲麗是個老畜牲，她作法時總是要找個無人打擾的隱密之所。不過我已決定爲你的喜好而冒險，我會注視她的一舉一動，當她忙碌的時候我會通知你。可是記住我方才說的話：你必須發誓對這一切嚴守秘密。」

我們還沒有完全討論正確的計劃，突然一陣慾潮向我們衝掃而過。我們拉下衣服，以酒神般的狂怒赤裸地相擁；而當我在慾望達到高峯將近疲乏時，她試圖像個男孩子一樣讓我再與她燕好；經過多時的不眠後，我們終於睡著了，在我們醒來起床時已是白日高照了。

第五章　化身

此後幾天晚上，我們又以同樣愉快的方式度過。有一天早上，浮蒂絲跑進我房來，興奮地對我說，女主人因爲用平常法術不能與波奧加青年有所進展，這天晚上想變成一隻鳥由他臥室窗戶中飛進，如果我願意親看這場表演，必須謹慎地加以準備。

黃昏時分，她帶我躡足靜悄悄地攀登引向閣樓的塔梯。她叫我自門縫中竊窺，我依她話做，看見彭菲麗先脫得一絲不掛，然後打開一個裝滿小盒子的櫃子，她開了一個小盒。裏面裝著一種油膏，她用手指把它在身上由頭到腳塗敷起來。之後她對燈紙唸咒語，全身顫抖，而我望著她四肢漸漸覆蓋上羽毛，她的臂膀變成强壯的雙翼，鼻子變得又尖又鈎，指甲成了鳥爪，彭菲麗立刻毫無可疑地化成了一隻夜梟。她呱呱地叫了數聲，又撲了幾下翅膀，等確定翼翅可以飛行時，便越過屋頂而去。

我自己並未被置於符咒法術下，但是依然驚奇得呆如木雞。我揉揉眼睛想弄清楚自己是否在作白日夢。也許我是瘋了？我振作精神，抓住浮蒂絲的手把它放在我眼上。「親愛的，」我說，「我憑著你可愛乳房的名，向你懇求給我一件大恩惠——我怕永遠無法答報——以證明你對我的完美愛情。你答應的話我願永遠作你奴隸。愛人，可不可以替我弄點那種油膏？我希望能飛。我願意像長翅的邱比特侍候他的女神一樣圍繞在你身邊。」

「哼，」她說，「這是你的把戲，不是嗎，愛人？你要教我上一個大當；給我一把斧頭叫我把自己的腳砍下？那還不算，我在這些日子裏使你免於西薩萊女狼們的侵襲難道容易嗎？如果我不以愛情保護你，你早已成了砧上肉。現在你要是變成鳥，我如何追蹤你呢？我什麼時候才能再見到你呢？」

我抗議道：「天上的諸神禁止我成爲你所說的那種惡棍。聽著：如果我變成廣闊天空翱翔的鷹像邱比特的私人信差，我的利爪驕傲地攫握著他的閃電，你以爲這種飛翔的光榮會使我不每夜飛回你雙臂間的愛巢？以我靈魂無助地依偎著的你的美麗髮髻之名，我發誓這世界上除了我至愛的浮蒂絲外別無我所愛的女人。而且我又想到，如果這藥膏真的把我變成飛鳥，我必須離避本城；貓頭鷹不是祥和之鳥，當牠誤竄入人家，大家都努力抓住牠雙翼撐拉在釘門外。還有，如果我對你不忠變成梟鷹與別的女士悅愛，你想她們會如何地開我玩笑以作歡迎？然而我又想到；如果我變作飛鳥，用什麼符咒法術才能使我還原？」

「你不需過慮這點，」她說，「我的女主人曾把所有法術交給我。這當然不是由於她對我有何好感。而是因爲她每一次冒險歸來後，我都必需替她準備解藥。說出來實在神奇，一些不爲人注意的草根會使人發生變化。例如今夜，她只需要一點小茴香和月桂葉浸在泉水中。她喝一點藥水，其他的用來沐浴，便立刻又變成女人。你飛回之後也可以如法炮製。」

我又向她保證了許多次，她才恐懼地走上階梯拿出一個盒子給我。我抱著它吻它，暗自祝禱有次順利的飛行。我迅速地脫下衣服，迫不急待地把手伸進盒子拿出一大團油膏遍塗在全身。

我照彭菲麗的樣子先撲撲左手又撲撲右手，但是既沒有羽毛出現，也沒有變成翅膀的跡象。只是上面的汗毛變粗，皮膚也化成了皮革。其次，我的手指蜷縮成一團變成了蹄子，我的腳也發生同樣變化，我已覺得背脊下方突出了一根長尾巴。接著我的臉發腫，嘴巴變寬，鼻孔膨脹，嘴唇扁扁地向下垂。我耳朵向上尖豎而且全是毛。可悲的化身中唯一可堪告慰的是，我身上某一部分器官變得非常巨大；我發現此刻它體積過大已難以切合浮蒂絲對它的要求。絕望地自我觀察後，我終於必須面對此一可悲的事實：我沒有變成一隻鳥而成了隻平凡的驢子。

我想詛咒浮蒂絲愚蠢的錯誤，可是我已經不能說話及比劃手勢；我只好安靜張開大口，以我大而透明的雙眼斜望著她。

當浮蒂絲看見這件事後，她自責地用雙手打著臉龐。「哦，該死的！」她哭號道，「我怕是匆忙中拿錯了盒子；這兩個盒子非常相像。不過，可憐的動物，事情並不像表面那麼糟，因爲這帖解藥是最容易取得的，你只要嚼點玫瑰就行，它立刻會把你變回我的路鳩士。如果我今夜也和以前一樣編製玫瑰花環就好了！那麼你只好忍受一夜爲驢的不方便了，我答應你天一破曉我就忠實地把你需要的東西取來。」她又不斷地責駡她的愚蠢與粗心。雖然我已非路鳩士，而具有驢子的外表成了負重之獸，我仍保有我的智慧。我與我自己做了一次冗長而激烈地爭論：我是否應當把浮蒂絲咬死、踢死。她是個女巫，不是嗎？而且是個非常惡毒的。最後我決定了，我認爲殺死一個可以幫我恢復人形的人不但危險而且不智。我低頭無奈地搖搖耳朵，我强吞下憤怒，只好暫時對殘酷的命運降服。我漫步向獸廄走去，至少，那裏還有一匹馱負過我的白色公馬。

牠和另一隻驢子在一起，牠是我主人——前主人米羅——的財產。我實在認爲啞獸也有自然的忠義之心，我的馬應該認識我而同情我的災禍，在牠馬廄中歡迎我有如我是來羅馬宮殿拜訪的外邦大使。然而——哦！宙斯大神與所有忠誠信守的神祇呵！——我美麗的馬和米羅的醜驢立刻把牠們的頭併在一起，懷疑我是覬覦牠們的食物，而結成對付我的同盟。當我走進秣槽時，牠們豎起耳朵轉過身體迎面向我踢來。我自己的馬！多麼忠心！幾小時前，我親手把麥子餵給牠，而現在自己卻被驅逐！

我孤獨地站在角落裏，被禁絕於四腳同類的世界，心裏正在盤算明早一把玫瑰吃下將對牠們如何報復時，我忽然看見馬廄主樑上支著一個小神龕，裏面有尊馬首聖母像，伊波那女神，戴著新採的玫瑰花冠，正是我所需的解藥，我鼓起希望用前腳盡力地撲上木架，把頸子拉長嘴唇前伸。可是運氣真壞，我還沒吃到玫瑰，我的奴隸剛好看見我的行動，牠憤怒地自稻草堆上跳起來大叫：「這個鬼東西專門找麻煩。起初他想搶個廄伴，現在又來捉弄神祇！如果我不把這褻神的野獸打扁，牠會把蹄子摔斷……」牠一面嘀咕，一面找到一綑柴火，抽出一支又粗又大又多木結的，開始無情地敲打我的腰胯。

突然大門口傳來敲門響聲。遠處有人呼喊：「强盜！强盜！」奴隸扔下木柴連忙張皇地逃跑了。立刻院子門打開衝進來一批强盜。幾個鄰居跑來幫助米羅，可是立刻被强盜趕走了。在他們高舉的火炬亮光下，長劍發出朝日的光線。他們帶著斧頭，用來劈開房屋中央堅室的木門。裏面是米羅的珠寶，他們匆忙地把它們搬出來，又把它分爲許多小袋。可是袋子太多，强盜們無法全搬走，他們只好利用智慧，到我們獸廄來，把我們三個牽出去，盡量把許多沉重的袋子加在我們背上，用鞭子驅趕我們走出已被掃蕩一空的房屋。他們急忙向無路的山野而去，沿途猛烈地鞭打我們。他們留下一個人作爲奸細，以便回來報告當局對此案所採取的措施。

山坡陡削，我的負載沉重，路程似無終極，不久我覺得疲憊欲死。我是個羅馬人，應當通知當地政府，並請皇帝將我自困境中救出。我們經過一個正在趕集的市場時，天已大亮，我想在一羣西薩萊人前呼出凱撒的令名。我大聲而響亮地叫「哦」聲，可僅是如此而已；我說不出「凱撒」這個字。我的噪聲觸怒了强盜，他們又鞭又刺，使我的皮膚痛得感到麻木。

最後宙斯救主慷慨地給了我一個逃亡的良機，我們經過了幾座農莊與鄉村大屋後，我看見了一個長了許多花卉的小花園，其中有些玫瑰仍沾著清晨的露珠。我至感欣喜加速腳步，流著口涎走到玫瑰花旁。但是在最後一瞬我對計劃再加考慮。如果我突然從驢子變回路鳩士，强盜們會以爲我是個巫怪，而爲了怕我檢舉他們，一定會置我於死地。目前我必須暫時放棄玫瑰，安份地嚼著啣鐵。

中午在烈日煎炙之下，我們離開道路進入一個小村。我們停在一所房屋前面。兩三個老人走出來。自他們之間的寒喧、擁抱與長久的談話，任何驢子也可以看出來他們是强盜的朋友。强盜自我背上袋中取出一些盤碟給他們，低聲叫他們千萬保守秘密。當我的馬和米羅的驢子及我全卸了貨後，被放在旁邊的草地上，但是我不慣合羣不能享受同獸的情誼樂趣，特別由於我還不慣吃食青草。我半感饑餓地跳到獸圈邊的一個小菜圃中，用蔬菜填飽肚子。吃完後我暗向上天衆神祈禱並且仔細地看看周圍。附近那個花園中可能有株玫瑰，這裏又是個隱匿的所在；遠離大路而且有果樹遮掩，如果我可以找到將四足著地變爲直立的解藥，似不可能有人會看見我的變化。我興奮地覓找逃亡機會時，看見相當距離外似有片小小低地，周圍遍植一些雜樹，在背後的雜色山茶間，我發現鮮美的玫瑰花。在我幻想中——幻想絕非畜牲所能者——我認爲那是維納斯與三女神①的樹林，中間花壇上有美麗的鮮花盛放。我向幸運之神暗禱之後，乃以馬而非驢子的奔跑速度衝過去。雖然以此速度，我仍無法勝過拉我後退的命運：當我到達時，發現這裏不是低地，而是個兩岸全是濃密樹木的隱密小溪。那玫瑰並不是你所見的沾露初綻盛開在多刺枝的幹上的玫瑰，它們是鄉下人所種的「玫瑰環」——花環狀的長葉灌木上長出的杯狀紅花，既無香味，而且對所有畜牽均有奇毒。我自知噩運未解，決定吃食這些假玫瑰自殺以解脫痛苦。

當我猶疑不決地走向灌木時，一個青年，他必定是菜圃的主人，憤怒地拿支大木棍朝我跑來。他重重笞打我以報復我方才造成的損害。如果不是我轉過臀部用後腳踢出去，他真會把我打死。我連續狠狠地踢了幾腳，把他無助地踢倒在山坡上。於是我急忙逃闖。

不幸他妻子——至少我認爲是他妻子——剛好站在山崗較高的地方，看見他在下方半死地躺著，便衝去救助他，大叫：「殺死那壞驢！他快把我丈夫謀害死了！」

她的鄰舍們立刻解開狗叫牠們來咬我：「咬牠！咬牠，孩子！把牠嘶碎！」看起來似乎我的末日已臨，因爲這是幾頭用在競技場中作爲惹怒牛熊的猛犬。我只有採取唯一生路：我沒有向遠處逃，卻拚命退回廄欄去。村民們花了相當勁把狗喝止。我被一根粗皮帶栓在木樁上，又挨了一頓慘打。我方才愚笨地吞下那些綠葉，現在可說是自食其果。毒打像雨點般落在我肚子上，使我當著折磨者的面吐出半消化的食物。惡臭使大家詛咒地跑了出去。

這天下午，强盜又給我們馱上貨物，而且在我背上裝了最重的負擔。長途跋涉已使我疲

① 希臘神話中司美、優雅與喜悅之三神。

倦無力，加上背著重負，雙側鞭痛未消，蹄子已快磨破，我簡直走不動了。我們走了一程後，我又盤算逃走的主意。我們正在一個深谷中迂迴而行，我想蜷縮四腿賴在地上，那怕强盜們棍打劍刺，我也一步不願走。他們一定會知道我載負過重而且疲倦將死。爲了我身體不支，他們爲什麼不讓我免於負載？我知道他們去意急切，想盡法子不能趕我起跑，自然會把我的擔子分成兩半加在馬和另一隻驢背上繼續前進，而將我留在荒山中餵虎狼以作進一步的懲罰。

這個妙計又被噩運所絆。米羅的驢子大概看穿我的心思而捷足先登：牠假裝完全垮了，連貨一起滾在地上死一般地賴著。鞭打劍刺都不足以令牠起身，甚至於强盜拉著牠的耳朵四肢，牠也不肯起身。他們不能爲了一隻呆驢而耽誤旅程。「這隻驢跟死的差不多了。」他們說。牠的載負分成兩半給馬和我背上，用劍捅了牠，把牠拉到路邊推下深谷。

同伴的命運使我畏懼。我決定不再亂打主意，一心一意對主人表示我是頭忠心負重的驢子。他們又不斷地互相鼓勵說是已近山穴，馬上艱苦的路程便到盡頭了。

又過了一個並不十分陡削的山，我們終於抵達目的地。我的馬和我卸了貨，所有珍寶全藏在洞穴裏。由於缺水，我在土地上打滾以恢復精神。

在這裏，我想形容洞窟與周圍的環境。這對我是種語言能力的考驗，並請諸君判斷一頭驢子是否能對情勢加以描述。那麼，請先自山崗開始。這是個崎嶇的高山，一個天然的堡寨，上面覆蓋著黑的樹木。遍野有些長滿荊棘的溝谷，山坡上是些不可攀登的懸崖。山峯附近有股泉水在山側發亮，又分成數股小溪在下面草原上點成一塘靜水。洞窟開在山腳，上面是個用樹枝編織成的高高寨堡。下面一層把四周圍起獸欄，儲放盜來的羊羣。一道簡單的籬笆當作圍起洞口的牆，而形成了强盜的一間接待室。附近除了一小間茅屋之外，別無建築物，我後來才發現這茅屋是用來作爲崗哨的，每天晚上都派有哨兵在那裏守夜。

第六章　盜窟

强盜們把我們用粗繩綁在洞外，一個個爬進窟去；我聽得見他們對管家的老駝婦叫囂。

「嗨，你在搞什麼，你這個醜老屍首？」

——「她不是個屍首。」

——「我說她是。」

——「而我說她不是，生命也許羞於承認她，死神也一樣對她不感興趣。」

——「哦，算了，你看她這個時候坐在那裏的那副德性！嗨，你爲什麼不起來給我煮頓好晚餐？我們經過這許多困難麻煩，著實需要有點報酬。而你這老酒怪，卻不分日夜地把我們的酒倒進你的破喉嚨。」

她尖聲叫：「哦，不，不，我勇武的青年紳士們！別對我那麼兇狠。在鍋裏有各種燉肉，你們會發現其味道至美；還有豐富的麵包，以及滿杯美酒。而且，和以往一樣，我來燒水好讓你們在晚餐前洗個痛快的澡！」

他們全脫了衣服，圍著熊熊大火，澆潑著熱水，然後塗上油膏，坐在堆滿各種食物的桌前。

他們還没有坐好，另一大羣强盜又走進來，他們同樣地洗了熱水澡。他們也是劫掠而回，因爲他們帶著另一批贓物：錢幣、杯盤和鏽金的絲袍。當他們參加桌邊的同伴們後，每個人都抽籤以決定由誰侍候大家。天，看他們如何吃喝！肉擺成一堆，一條一條麵包，酒杯的行列像是前進的軍隊。他們吃喝，叫出下流的話，並且開玩笑。我聯想起比利陶婚宴上人馬怪和拉比斯的故事①。最後，所有强盜中最兇狠的一個開始發言。

「大家肅靜！我要講的是坐在桌子這一端的勇敢孩子們，他們在哈巴達攻進、掃蕩了米羅的家。我們把那地方清除得很乾淨，不但得到了一票金銀財產，而且沒有損失一兵一卒——而且，我們還得了幾頭四腳畜牲，也許這也值得一提。我們對你們去攻擊波奧加的伙伴所知無多。你們回來的人比去時的少，我可以告訴你們一件事：你們所帶回來的貨物永遠抵補不了你們隊長的損失。拉瑪朱是個十分勇敢的伙伴。」

「十分勇敢，真的，」有人說，「正是他的死因。不過，有日他的名字將和國王、將軍一樣名垂青史。」

「可是你們這些可憐的小偷，你們不是到公共浴室裏去偷點給舊衣商的東西，便是爬殘破的老婦人家拿一兩件東西。」

代理隊長起來大聲說：「夠了夠了，你這傻瓜。你什麼時候才學會大房子比較好搶？那裏有許多奴隸，誰都不會不顧自己的性命而拯救他們主人的財產。擁有奴隸比較少的儉省人，他們不但把財產藏在祕密的地方，而且冒生命之險來保護它，雖然有時這些東西並不十

① 希臘神話中，拉比斯爲西薩萊人，其國王比利陶曾邀半人半馬怪參與其婚禮，怪物爲酒刺激，思奪新人及其他諸女。但拉比斯獲西蘇斯之助而敗之。

分有價值。聽我的故事，你就知我的話有道理。

「當我們走向底比斯名城，人們都稱之為『七門底比斯』時，我們打聽誰是本區最有錢的人——你一定同意我的話，我們這行第一條規律是找出金錢在什麼地方——有人告訴我們有個富有的銀行家叫做克利西羅，他裝成一個乞丐，因為怕被召去充任公務人員。我們聽說他獨自住在一個小屋中，門戶緊閉而堅固地閂著，它幾乎是個堡壘，他穿著髒衣服整天抱著他成袋的黃金。我們決定拜訪克利西羅希望能輕易地取到他的錢；我們以衆敵寡。天一黑我們就集合在他門口，我們同意破門而入太不安全——這是扇雙門——因為聲音太大會驚醒衆人。所以擊毀它已不在考慮之列。我們勇敢的拉瑪朱，他一向富有自信並忠於職守，安靜地把一個舊鎖孔周圍的腐木削去，伸手想把裏面的門閂取下。不幸那個可恨的老二足獸克利西羅已經聽見我們在一旁監視。他一手執釘一手拿鎚悄悄地爬到門口，猛然一擊，把拉瑪朱的手釘在門板上。他讓他在那裏掙扎，就像十字架上的罪犯，又衝到小髒屋的頂上，放開嗓子對鄰舍大叫：『救命，救命！火！火！快來，幫我救火，否則會燒到你們家去！』他一個個叫著他們的名字，他們全緊張地衝來，當然，他們想來撲滅火勢。

「這使我們感到進退維谷。除非我們放棄拉瑪朱才有機會，可我們決不願這樣做。我們只好採取絕望的步驟，把他的手肘砍下，當然獲得他的同意，讓斷手留在門上。然後我們替他的斷手用破布包紮，怕血滴留下痕跡；又連忙衝開去。這時全區都驚醒了。他們又叫又吵在後面追趕，我們加速地奔跑，並且盡量敦促著趕不上我們的拉瑪朱。他落在後面就等於死亡。他要求我們依照當時對著戰神右手的互助之誓，替他解脫不幸。他說我們不能把同伴留在後面受苦難上十字架，他目前最大的幸福是死在自己人手中：因為一個勇敢的强盜如何可以失去用來偷竊與屠殺的手？無論他如何哀求，都無法令我們對他下手——因爲這與弑親無異——於是他用左手拔劍，不斷地吻它後，刺進胸骨。

「拉瑪朱是個最勇敢的人，他的死使我們深爲感動。我們小心用紗袍包起他的身體，交給伊斯默流河。河水將會秘密地把他帶往寬闊鹽海的墳墓中去。」

「願他安息！」每個人都嘆了口氣，「這是個可以與他英勇生涯比美的雄壯結局。」

「由於另一次噩運，我們又失去了劫掠行動中最聰明的軍師奧西瑪。他衝進一個老婦人的小屋，上到閣樓臥房去，她便睡在上面。他應該立刻把她捏死，但是他沒有這樣做，由於某些理由他不理會她，把她的東西自窗口扔下來給我們撿。他像女人樣清掃整個房間，他又想我們可能也需要這個老女人的臥具，便把她自床上推起。他正想把被蓋自窗子投下時，這個老巫婆抓住他的膝蓋哭道：『停止，停止！你在幹什麼，孩子？你爲什麼要把我的舊傢俱和破舖蓋丢到鄰居的院子裏去？』

「她的話騙了奧西瑪。他以爲他弄錯了窗子，東西沒丢下街卻落在別人家後院。於是他走到窗邊，彎身仔細地望著富人的房子，準備以後再做票生意，可是他不知道自己身處險境。老母狗偷偷溜到他身後，出其不意地推他一把——力道並不大，當時他失了平衡便倒栽了下去。樓雖不高，他的側面碰在屋外的一塊大石頭上，使他肋骨碰碎；他躺著咳出血水。他死之前設法用不全的話把經過情形告訴我們。我們只好把他送下河流跟隨拉瑪朱；是，他值得這種尊榮。

「兩重損失使我們決定不再在底比斯碰運氣了。我們到了附近的普拉臺鎮，那裏我們發現人人都在談論著即將來到的角鬥表演。主辦的是貴族迪莫查理，他是個慷慨的富翁；他的娛樂一向十分高尚。無需多加形容其豪華的準備工作；也許我無法對這人有適當的判斷。他集合了一羣角鬥士，有的因角力，有的因漁網與尖叉著名，有的因跑步而勝。更需提及一批已被判死刑的罪犯，他們被充當爲野獸的食糧。一排車上有許多大木架、臺塔、以及漆有圖畫的側壁，用來作爲裝他搜集的優良獸羣的活動籠子。其中有許多是特別自海外運來的，它們是罪犯的活墳場，不過著實十分漂亮！

「他有一羣特別壯碩的熊，有些是他自己在狩獵時用陷阱捕捉的，有些是他的朋友買下贈送給他以表示尊敬之意。他把牠們養在他奢侈的熊園中，並且細心地飼養著。可是因爲他這一切準備僅是爲了取悅一般社會，諸神開始妒忌他了。他的熊羣開始瘦削衰弱，因爲熱氣與長久的囚禁而缺少運動，一陣流行病開始傳染，熊一隻一隻病死，結果沒有剩下一隻活熊。不久，普拉臺街上全是些死熊，牠們像被吊死的大軀體懸掛著，貧民區的饑餓人民也來了，他們一向覓取著任何可以果腹的東西，現在他們簇擁在獸屍邊。

「這件事使我和坐在這裏的巴布魯想出一個好主意。我們把一隻死熊拖到我們寄宿的房裏去，裝出要把他剝成食物的樣子；而我們把牠破肚挖出內部，只剩下頭部與毛皮連著。然後我們小心地把體內的肉用刀片挖淨，擦上木灰掛在太陽下曬乾。之後我們吃著熊肉，並且一同誓願禍福與共。我們之中最好最勇敢的人志願穿上熊皮扮起大熊。其他人帶他到迪莫查理家，獻爲獸羣的新熊，他在半夜等機會替我們開大門，那麼我們可以衝進去劫掠。

「這個計畫使人人感到興奮，幾個候選人前來志願接受扮熊的危險光榮。我們投票之後，選定了西拉賽里翁。當我們把他縫進熊皮時他十分冷靜，這時熊皮已經軟了。我們用熊毛蒙蓋針縫，把他的頭套上熊的頭，我們也在鼻孔眼睛上留了通氣的小孔。他是隻十分活潑的熊，我們買了個廉價的籠子，讓他爬了進去——哦，西拉塞里翁，他真是個勇敢的傢伙——於是我們等待著下一步驟。這就是假造了一封迪莫查理的好朋友薩拉西人尼卡諾的信。我們寫著他正在出獵，『決定把此行的第一個成績，這隻佳熊，給他親愛的朋友迪莫查理。』

「我們把信和裏面裝著西拉塞里翁的木籠，扛到迪莫查理家時已是天黑時分。迪莫查理看見這集大熊頗爲興奮，尼卡諾的盛意也使他衷心喜悅。這項禮物十分適時，他叫下人數了十個金幣給我們作爲回報。這時屋裏的人全聚在籠邊叫：『哦，這不是很美嗎？這不是很大嗎？』西拉塞里翁頗有見識，他立刻威脅地對他們衝去以擊潰他們的好奇心，因此他們全退開去了。

「迪莫查理的朋友全對他祝賀：能補償他的損失真是多麼幸運的事，至少，這是隻優良的野獸。他下令把牠小心地帶到獸園中和其他剩留的熊羣放在一起。可是我馬上開口：『請原諒我，先生，這隻熊來自薩拉西，經過一段炎熱冗長的旅程精神一定尚未恢復，你必須注意不可令牠和其他野獸爲伍，據說這裏已流行一種熊熱病。你應當把牠放在屋子涼爽的角落裏，讓牠呼吸清新的夜晚空氣，最好可能近池塘。你自然知道熊最喜歡涼爽的河流，以及一個上面滴著水的洞穴？』

「他頗注意我的警告而且馬上同意了。『籠子隨你放置好了，』他說。我又說：『如果你願意，大人，我們準備今晚守著籠子，按時爲他飼食送水。這一段悶熱難過的旅程使可憐的動物十分痛苦。』然而迪莫查理說：『不，不用麻煩！我家每個人對於熊都有經驗，他們都知道如何飼養它。』

「於是我們道別離去。我們走到市鎮外不遠處的一間寺廟裏。我們破門而入掀開些舊棺蓋——裏面的屍首都已霉爛——它可以作爲收藏贓物的安全處所。然後我們執劍集合在迪莫查理大門處，準備出發進攻；我們像以往一樣，等待黑暗；這夜沒有月亮，人們都已熟睡。

「西拉塞里翁十分盡責。他等到準確的時刻爬出籠子殺死所有的守衛，他們就睡在附近。然後他去殺死門房，從他皮帶上解下鎖匙，開了大門讓我們進來。他又告訴我們一間儲藏室，不久以前他注意到裏面放了許多銀盤。我們打破門。我叫同伴們盡快地多拿些金銀藏在寺院裏，交給我們絕對可靠的朋友家中。我志願留在此地看守大門等他們來。西拉塞里翁依舊僞裝；我們認爲有隻熊跑出來在四處逞兇對我們頗有幫助。任何人醒來看見一頭矇瞳巨熊，除非他是個十分勇敢的人，無不嚇得發抖鎖緊房門躲起來。

「我們的計劃進行得十分順利。然而，噩運往往在意料之外發生。我還在等待同伴們歸來時，有個奴隸醒來了——我想他一定聽見什麼聲音而知道有不尋常的事發生，他輕步走出臥室，看見熊自由地在房內遊盪，他又像出來一樣輕輕走回去叫醒其他奴隸，把他所見的告訴他們。他們執著火把、燈籠、蠟燭、細燭等等衝出來。整個內院全亮了起來，每個人手上都執著一根棍棒或矛劍。他們把守著院子的所有通道，又把所有獵犬放出以便把西拉塞里翁撲倒。在騷亂中我溜出去躲在大門外，我望著他和狗羣展開猛烈的戰鬥。他簡直像是和三個頭的地獄犬在作戰。他雖知無望，然而沒有忘去他或者我們全隊的光榮，以最勇猛的方法盡他的能力，他先避開羣犬的衝咬，又用爪撕擊著狗嘴，然後後退設法衝出大門到道路上去。可是他無法脫險，因爲鄰近所有的狗——隔壁巷內有羣兇猛的惡犬——參加了追逐。

「看著西拉塞里翁被數十隻狗瘋狂的追逼真令人難過，狗牙緊咬著他的身體要把他撕成碎片。我無法忍耐；我衝進人羣盡力拯救那可憐的同伴。我喊道：『如此殺死野獸多麼可恥！他很值錢！』可是沒人理會我，忽然一個大個子跑來用支槍矛直刺進西拉塞里翁的身體。其他人看見鎗尖自另一端透出，才敢於拔劍上前。我敢發誓，西拉塞里翁偉大地死去！雖然在絕望中，他沒有失去他的良心而且面對現實。當另一副牙齒咬到他，另一劍刺到他時，他沒有發出人的呼叫以免出賣我們，他仍然發出熊吼。是，他毫不畏縮地接受命運，保全我們的秘密。那是一場壯烈的戰鬥。衆人恐懼得甚至於不敢碰觸他的屍體。早晨很晚時才有個屠夫來臨，但是他的膽子並不比鄰居們大。他剖開獸腹，大吃一驚地發現他不是在殺熊，而是把一個勇敢强盜的外衣剝去。

「我帶著西拉塞里翁死亡的消息給其他夥伴。只要我們能活著傳述他的故事，他的光榮就不會死亡。我們回到寺廟去。我們收拾起這位勇者爲我們保全的贓物出發離去。負載著這些東西，加上損失三個同伴的沮喪，旅途似乎漫無涯際。我們一路上心神不定，忠誠之女神一定離開了上層世界，悲於她的噩運與鬼怪屍首共居。不過，我們在此地，戰利品亦在此地。」

他們把金杯斟上烈酒倒在洞穴地上作爲對死者的祭奠。他們對保護神、戰神高唱一曲戰歌後，躺下來睡覺了。

老婦人給了我們畜牲大量生麥，使我的馬自認爲是羅馬大祭時的上賓。牠將它佔爲獨有，我雖然喜歡麥子，可是以前吃的不是與牛肉共燉，便是磨粉作成的麵包。我發現角落上還堆有些麵包，便貪婪地咀嚼起來。我的下巴餓得發痛，額角沾滿許多蜘蛛絲。

深夜時，强盜們匆忙離開盜穴：有些穿得像鬼魂，另一些穿起便服佩著刀劍。睡眠也無法令我停止大嚼。當我還是路鳩士時，吃一兩個麵包便可以滿足地自桌上起身，而現在我有這麼個大肚待填，當我快吃完第三筐時天已破曉，而我還在吃著；終於，我以人皆盡知的謙卑驢性離開——我承認頗爲依依不捨——在附近水流中一止渴意。

强盜不久回來了，臉上帶著愁色。他們人多衆夥，全副武裝，並沒有帶回任何贓物，連一件破大衣都沒有；只有一個俘虜，一個女郎。從她的衣服判斷，顯然出自本區高等家庭，而且十分漂亮，縱然我是一條驢子也要宣誓我深深地愛上了她。他們把她帶進盜穴，悲哀的她開始拉扯頸髮，撕破衣服。他們盡力安慰她。「你是絕對安全的，女士，」他們對她保證。「我們無意傷害你或對你無禮。請忍耐數天，這對我們是種恩典：你知道，貧困使我們從事此業，你慳吝的父母一定會帶了贖金來。何況，你是他們的獨生女，他們富有得可鄙。」

聽了粗暴的安慰，她非但沒有和緩反而更加傷悲，我不能怪她把頭依在雙膝間號啕大哭。他們叫老婦人和女孩坐在一起，盡她力量取悅她，於是他們又出去做生意了。

老婦人對她毫無辦法。她哭得更大聲，胸脯因泣吟而起伏，淚水直流到我多毛的頰上。她高叫：「想想我失了一切！多麼可愛的家庭，多少親愛的朋友和親切的奴隸，和我至愛的父母。被誘拐到這裏，像罪犯樣被關在石牢裏，我生活中的安慰一點也沒有！置身於這些可怖血腥饑渴的强盜手中，隨時被威脅要割斷喉管！你教我怎麼能不哭？你教我怎麼能活下去？」

她一直號哭，直到疲倦、喉痛與氣塞使她停止。她閉上腫脹的眼睛睡了。不久，她醒來比方才更哀傷，開始打自己美麗的臉孔並捶擊胸膛。老婦人請她解釋突發悲哀的理由，她只是低泣道：「不，毫無疑問，我已無逃生之望。完了。一根繩子，一把劍，或是什麼方便的藥——現在只有這幾條路。」

老婦人十分憤怒。她怒視著女郎問：「你哭什麼，你這頑皮的小東西？你爲什麼剛睡著又醒來開始再作該死的可恨胡言？我會給你毒藥！你想把我可憐孩子們的一點贖金也取消掉？如果你不停止哭泣或冷靜下來——强盜們不會被眼淚所感動的——我情願看你活活被人烤死。」

這些話使她畏懼。她抓住老婦的手吻道：「救我，親愛的老太太，救我！」她說。「請對我寬容些。我不相信你這麼大年紀會沒有憐憫之心，因爲你有一頭可愛的白髮。請讓我把我的經歷告訴你；這是個可悲的故事。」

老婦人說聽聽也無妨，於是女孩開始了：「我有個比我大三歲的表兄。他名叫托勒波利默斯。我們自小便青梅竹馬兩小無猜——而且，我們曾經同床睡過覺——我們深深地相愛著。他是個高尚人，鎮上人都希望看他昇到最高的官位。我們已經私好多年，到今天我們雙親才正式訂下婚約；然後他和親友們一起到許多廟宇裏去祭獻，我則在家中的桂葉、火炬與人人高唱婚頌中等待他。我母親替我穿上婚服，哭著抱吻我，並且祈禱我子女興旺香火綿綿。突然强盜執劍而來，像是一羣角鬥士。他們不想殺掠，而直衝進新房來。奴隸和別人都没有稍加抵抗，讓强盜從母親懷中搶走嚇得半死的我。婚禮突然終止。這就像被人馬怪與拉比斯爭吵破壞了的比利陶與海波達米亞的婚禮，或是羅達米亞與普羅達西勞在結婚時，普羅達西勞突然被召去參加特洛伊之戰，幾乎被所遇的第一個希臘人殺死。當我方才睡著時，我作了個可怕的惡夢，使我的悲愁加倍地湧上心頭。我夢見我被人從婚床上强拉起來，出了臥室，走出房屋，被挾過一處無路的荒漠地帶，我口中兀自大呼著方才吻我的特勒波利默斯。他在夢中追在我身後，芳香勇武得像個新郎，跟著强盜的足跡，大喊衆人來幫他救助被盜的美麗妻子。一個强盜生氣了，撿起一塊大石頭對可憐的他丟去，把他殺死。我大叫著醒來。」

老婦同情地嘆口氣。「親愛的，」她說，「你無需爲惡夢擔憂，應該快樂起來。白天的夢不足憑信，人人知道，有時夜夢也有相反的意義。例如，一個哭泣或者被打被殺的夢，卻是幸運，有的且表示突然的興盛。而有可喜的夢，吃糖或是在被窩中嬉戲，卻是疾病與不幸的象徵。現在讓我對你講一兩個神仙故事使你情緒好一點。」

第七章　邱比特與賽琪（一）

「從前有個皇帝和皇后，他們有三個十分美麗的女兒，她們長得沉魚落雁，大的兩個還可能找出些字眼加以讚頌，而要形容小女兒那世間絕無僅有的美貌卻非人類語言能勝任。每天她父親的數千臣民都要來瞻仰她，還有許多異國人，一眼便使他們目瞪口呆，他們對她表達出對女神維納斯才有的尊敬。他們將右手拇指壓著食指，虔誠地舉到唇間向她飛吻。她無比美貌的消息立刻傳遍了鄰近的邦國，有人宣稱：『不朽的維納斯，生自深藍海洋，自泡沫中歸向上天，現在她又化身成一個人人可以瞻仰的凡人。』又有人說：「不，這次是地球而非海洋感天之氣孕育出一個新的愛之女神。最美麗之處在於她還是一個處女。」公主盛名越播越遠，到達了遙遠的省份，而且更向前傳播，許多人經過長途跋涉爬山過海來見證他們世代中的最大奇蹟。從此無人去拜謁塞普路斯的巴發或迦里安的日多維納斯神殿，甚至她美腿初踏陸地的塞西拉小島；她的香火被人忽略，她的祭典不再繼續，她神殿中雕像下的椅墊被踢在地板上，神像上沒有往日佩帶的花環，神壇久無打掃，上面堆著陳年的火燒供品，她的宮殿即將傾倒毀滅。

「當小公主清晨到街道上散步時，人們為她奉拜，聚宴為她佈設，她走的道路上散滿鮮花，許多誠摯的崇拜者把玫瑰花環呈獻，並且用只屬於偉大愛神的頌詞稱呼她。把對神的尊尚轉移給一個凡人的事，觸怒了真正的維納斯。她無法抑制怒意，憤怒地搖頭自言自語道：『誰會想到我現在會受到這種待遇，我，全世界最美麗的維納斯，被哲學家稱之爲「宇宙之母」，而且是五大元素的源泉，現在，我難道能和一個假裝是我的凡人一同統治我的王國嗎？眼睜睜地望著在天國登錄的我的令名被拋到土地的泥淖上去？哦，是，當然我應當對原本奉獻給我的尊尚光榮送給那女孩感到滿足？宙斯大神判定是正直誠實的牧童，在另外兩個女神競爭者前把美之蘋果賜給我，難道不值一文嗎？不，真是侮蔑。我不能讓這個愚蠢的動物，不管她是什麼人，再篡奪我的榮耀，我要使她立刻討厭並懊悔她的美貌；那怕是違反規令。』

「她立刻向她長翅膀的兒子愛羅斯，亦即箭手邱比特求助。他是個十分頑皮的男孩，對禮貌既不循守又不尊重，他的時間用在整夜執著火炬弓箭穿屋逾戶，在高貴的住屋前破門而入。雖然他從未對所做的惡事加以補償，但也沒受到過懲罰。維納斯知道他天性好惡作劇，但是她希望他能作出更惡劣的事。她把他帶到公主——她的名字叫賽琪——居住的城市，把在她身邊興起的新禮拜故事告訴他。她憤怒地說：『我懇求你，親愛的，如果你愛你的母親，就請用你可愛的小箭和火炬來對付這個不敬的女孩。如果你對我還有尊敬之心，你應替我報復，徹底的報復。你設法讓那個公主絕望地愛上一個完全被人類放逐的男人——一個失去官階、財產和一切的人，他的生活處於恐怖侮辱之中，世界上找不到一個比他更卑賤的人。』

「她溫柔而長久地吻他之後，一同到海邊去，她在波浪上奔跑，他們一同迎接海浪舞蹈。她玫瑰色的雙腳一碰到海，海面立刻平靜下來，她不久便希望深海的神祇出現，於是他們輕輕浮起，似乎她叫喊了他們的名字。女海神們唱起離別之歌；蓄著藍鬍的海神普塞東，有時稱爲普多南斯，他的妻子莎拉茜亞是海中的頑皮女神，她大腿上放著一堆淫魚；他們的馬夫小巴拉蒙騎著一匹鯨。許多侍候海神的侍者也從海面各處游來，有一個輕吹貝殼，另一個用絲傘爲維納斯遮陽，第三個替她執來顧照的鏡子。還有一羣分成數個一組爲她驅車。當維納斯在海面上作一短暫的巡弋時，她身邊跟著許多侍者。

「這時，賽琪對於所有賦予她的尊敬，開始感到不能滿足，人人望著她，人人讚揚她，但是沒有一個平民，沒有一個王子，甚至於沒有一個國王敢於向她求愛。衆人都爲她的美貌而驚奇，可是心情都像是對著一座傑作的雕像。她兩個美麗聲名不如她大的姊姊，都已經被國王求婚而成功地出嫁，只有賽琪還是小姑獨處。她住在家中情緒惡劣，開始憎恨人人都羨慕的美麗。

「她可憐的父親恐懼神祇一定因爲他允許臣民對她過份尊敬而感憤怒。於是他到米利都的阿波羅古廟去，祈禱祭祀之後，他問神當在何處替無人願娶的女兒找個丈夫。阿波羅雖然是個雅典時代的希臘人，米利都的真正奠基者，卻用拉丁韻文給他如下的神諭：

嵯峨巉巖上，
處女死婚所，
不取人間婿，
惡魔入卿幕。
手執劍與火，

邪力御斯鄉，
天神莫奈何，
黃泉是賴仗。」

「國王本來是個快樂的人，但是自阿波羅神廟回歸後，情緒沮喪，並且把不吉利的答覆告訴他的妻子。他們悲傷地對女兒命運沉思了好幾天，因而終日以淚洗面。但是光陰易逝，神諭必須遵從。

「終於賽琪可怕的婚期到了，城市中開始一項遊行。他們選用的是幽暗而燄頭低小的火炬；代替往日婚禮上高奏喜樂的是萊地安的悲歌；合唱隊代之唱出送葬曲，可憐的新娘用橙色的面紗角拂拭眼眶的淚水。人人歎息著皇宮中遭遇的禍難，立刻社會上宣佈致哀一日。但是大限難逃，阿波羅的諭令必須服從。可恨的婚禮在悲慟中結束後，新娘的行列在全城隨從下出發了，最前面走著賽琪，她似乎不是走向新床而是走向墳場。

「她的雙親抑壓了悲哀與恐懼之心，希望拖延行列的前進，但是賽琪自己反對他們。『可憐的父親，可憐的母親，何必拖延你們不必要的悲傷來折磨你們自己呢？你們的年紀已經可以瞭解這點。何必沙啞地哭叫以增加我的不幸呢？何必哭腫雙眼，拉下你們美麗的白髮，破壞我在世界上最愛的兩張臉龐？何必撞擊你們的胸膛使我的心更痛？現在，太晚了，你終於看見我的美麗替你們帶來的報應；神祇們妒忌以往奉獻給我的榮耀。當時全世界的人民慶祝我，把我當作新的維納斯而加祭祀，現在你必須把我當作死人，而悲哀哭泣，我如同在白日中看得一樣明白，我不幸的唯一理由是我褻瀆了女神的名字。送我到神壇的石山上去。我正在等待我幸運的新婚之夜和我神妙的丈夫。我爲什麼要遲疑呢？我爲什麼要躲避他，如果他生來就是要毀滅這個世界的？』

「她堅定地向前走去。羣衆跟著她登上石山頂後便離開了她。他們鬱鬱地走回家，用眼淚澆熄了火炬，然後把它扔掉。她那心碎的雙親深居皇宮，重門門戶放下窗簾。

「賽琪獨自在山頂顫抖哭泣，忽然一陣友善的西風吹來。它在她身邊嬉戲，慢慢吹脹她的裙子和衣裳，然後把她自地上舉起慢慢帶她到一個山崗下的山谷中，她發現自己置身於一張柔軟舖滿鮮花的床上。

「這是個涼爽舒適的好所在，她慢慢覺得比較安心起來，她停止哭泣，昏然熟睡。她醒來時，精神完全復原，外面還是白天。她起來走向附近的高樹森林，有條小溪流過其中。小溪領她到森林盡頭，那裏有幢富麗堂皇只有神才蓋得起來的宮殿；當她走到大門口，便知道裏面一定是居住著神祇。

「黃金柱子支持著桔木和象牙拼嵌的天花板；牆上舖著銀箔，上面畫著世上各種動物，牠們似乎向著她衝來——這一定是半神的作品，如果不是全神的話——地上是各種寶石細工的圖案。一個人能夠走在珠寶的地板上真是多麼幸運，多麼幸運！這是個偉大的宮殿，其他部分也一樣美麗，一樣豪華無倫，四壁都嵌著一方巨大的金塊，它發出閃亮的光輝，反射得室中有如白晝，甚至於令太陽含羞。每個房內，陽臺上和門廊中都流滿光輝，傢俱剛好和房間相配合。誠然，這可能是宙斯大神在人間的行宮。賽琪走進大門。她怯懦地步上臺階。停了一會才跨過門檻。大殿的美麗引她入內；每件新事使她更加詫異羨慕。當她走進宮中時，她到了儲藏令人難以置信的寶庫；任何人都猜想不到那裏的奇妙富麗。但是比這些富可敵國的財寶更令賽琪奇怪的是，沒有一條鎖鏈、欄柵、鎖或衛士加以保護。

「當她狂喜地注視時，突然從什麼地方傳來一個聲音：『是否這些珠寶使陛下覺得驚奇？它們全屬於你。何不去你的臥室休息一下你疲倦的身體？如果你想入浴，我們會有一位侍候你的女僕——接著，你會發現你的婚宴正在等待你。』

「賽琪感謝這個不知姓名的神對她的關照，便照隱形的聲音去做。她先找到她的臥室躺了一會，然後她去洗澡，由看不見的許多手替她脫衣，洗浴，塗油，又替她穿上新娘的衣服。當她走出浴室時，她看見一張半圓形的桌子，前面有張舒適的椅子，但是桌上並無任何飲料食物。她焦急地坐下——立刻像變魔術一樣，美酒佳肴全出現了，而且順序浮在她面前。她看不見一個人，傭僕只是聲音而已，然後有人進來唱歌，一旁有豎琴伴奏，可是她看不見人，也看不見樂器。接著一隊隱身的合唱團唱歌了。當歡宴過後，賽琪想一定到了上床睡覺的時間，便回到臥室，脫下衣服醒著躺了許久。

「快到半夜時，她聽見旁邊有低語的聲音，令她開始覺得孤單而恐懼。在這所無人居住的宮室中，任何事情都可能發生，她爲她的貞操而憂慮。可是不，這是她無形丈夫的低語聲。

「現在他登上了她的床。他把她抱進懷抱，使她成爲他的妻子。

「在黎明之前，他匆匆地離去。這時，她立刻聽見女僕安慰她的聲音，女僕說雖然她失去了童貞，但是她無需爲她的貞操而恐懼。於是她又睡著了。

「第二天，她使自己在宮殿中更舒適，這天晚上，看不見的丈夫又來拜訪。第三天的白晝與夜晚也一樣度過，可以想見，她對於看不見的僕傭已經習慣，每日生活均能安之若素；

何況她周圍有那麼多聲音使她不感寂寞了。

「這時老國王和皇后已做著賽琪請他們不可以做的事——以悲慟與哭泣浪費時間。賽琪噩運的消息自一國傳向一國，直到她兩個姊姊得悉了詳情。她們立刻離宮，悲哀地趕回故鄉安慰父母。

「她們抵鄉的那一夜，賽琪的丈夫，她只有靠聽與觸覺才能分辨得出，警告她說：『可愛的賽琪，親愛的妻子，命運十分殘酷；你處於十分危險的境況之中。你必須日夜警惕。你的死訊使你的姊姊們大爲吃驚。她們不久將到西風帶你下山谷的石山，去看看能否找到你的蹤跡。如果你聽見她們的哀呼，你不可以理會她們。你決不可答應她們，或是去找她們；因爲那樣會使我十分不快，而且給你帶來可怕的毀滅。』

「賽琪答應照她丈夫的話做，但是當暗夜消逝時，他也離開後，可憐的女孩整天哭泣，不斷地怨歎她是這個偉大宮殿中的囚犯，整天無人可以談天，而且她丈夫現在居然禁止寬恕兩個姊姊的關懷，連不說話看她們一眼也不可以。當晚她沒有吃飯洗澡便上了床，什麼也不能安慰她，她的淚水沾濕了枕頭。這天她丈夫來得比平常早，抱她在懷中，勸告仍在哭泣的賽琪，『哦，賽琪，你答應了我什麼？我不知道你要做什麼？你哭了一天一夜，連我現在抱著你，你還是哭個不停。很好，那麼你高興怎麼做就怎麼做吧，迎接你自己不幸的幻想；但是我鄭重地警告你，當你一旦希望早該聽我的話時，那時已怕太晚矣。』

「她向他懇求，發誓道，如果她不能去看看姊姊而且安慰她們，和她們作一短談，她情願死去。最後她強迫他准許。但是他緊張地警告她，說她姊姊乃是壞人，將會要她看看他的真相。她如果聽從她們的話，則她褻瀆的好奇心便是現在一切幸福的終結，而且她永遠不可能再躺在他懷抱中了。

「她謝謝他的仁慈，而且又十分聽話。『不，不，』她抗議道，『如果要我失去你，我情願死一千次。我不知道你是誰，但是我愛你。我十分愛你，愛你勝過我自己的靈魂；我不願用邱比特神的吻來替換你的吻。那麼，請准給我第一個恩典，告訴你的僕人，西風，叫他按照帶我的樣子把我的姊姊帶到這可愛的地方。』她熱情地吻他，在他耳邊輕訴愛語，她的手腳都緊緊地擁著他，喊著：『我的心肝，我的親丈夫，我靈魂的靈魂！』在她愛的力量下，他只好屈服，雖然他十分不情願准許她的要求。在黎明之前，他又消逝了。」

第八章 邱比特與賽琪(二)

「這時賽琪姊姊們已經打聽到她被遺棄的石山路向。她們趕去後在那裏搥胸痛苦直到山谷迴應。『賽琪！賽琪！』她們尖叫。叫聲遠達下面的山谷，賽琪熱切興奮地跑出宮殿，喊道：『姊姊，親愛的姊姊，你們爲什麼要爲我悲哀？完全不需要。我在這裏，我是賽琪！請你們停止可怕的哭聲，擦乾你們的眼淚。你們立刻便可以擁抱到我。』

「於是她喚來西風，把她丈夫的命令囑咐他，他立刻遵從，一聲輕拂，把她們平安地吹下來。三姊妹狂歡地擁抱接吻。她們流著歡喜而非悲愁的眼淚，『來，』賽琪說，『跟我來看看我的新家，使你兩人更加高興。』她帶她們去看她的藏寶庫，她們也聽見了隱形的僕傭聲音。她命令傭人替她們準備入浴，並且在她魔桌上以盛宴招待。可是賽琪的女神似的財寶使她們兩人異常妒忌——特別是二姊，她一向是個特別好奇的人。她急著要知道誰是此地的業主，所以她逼求賽琪告訴她，她丈夫是怎樣的人，以及他對她如何。

「賽琪是個忠於諾言的人所以不能稍有洩露，但是她另外揑造了一個應景的故事。她輕聲說，哦，她丈夫是個非常漂亮的青年人，有著有點柔軟的茸鬚，成天在附近山崗谷地中狩獵。但是當姊姊詳加詢問時，她覺得恐懼了。如果她自相矛盾，或者不小心地自毀諾言怎麼辦？她替她們裝滿珠玉別針戒指，掛上寶貴的頸圈，喚西風把她們立刻送走。他帶她們到岩石山上，在回城的路上，妒忌的毒藥開始在她們心中發作。

「大姊說：『命運對待我們多麼盲目、殘酷而不平！你想，我們三姊妹的命運如此差異難道不公平嗎？你和我是姊姊，但是我們自家庭親友中被逐出嫁給視我們如奴隸的外國人；而賽琪？母親在生產她時最爲省力，卻得到塵世間最華麗的宮殿和一個神的丈夫。她甚至於對於她的財富不會作正當的運用。你可曾見過這麼多驚人的珠寶，這麼美麗的繡花衣裳？哦，地板全是用珍珠黃金鋪成的。如果她丈夫真像她說的那麼漂亮，那麼她是全世界最幸福的女人了，問題是如果他永遠像現在這麼喜歡她，那麼他會把她變成女神。而且，我的天，她好像已經自己以爲是女神了，你看她那副驕傲的神氣與尊貴的態度，她根本是個血肉凡人，卻能命令風和許多隱形的僕人，我多恨她！我丈夫比父親還老，和南瓜一樣光禿，而且狡猾得像個小孩；他把所有東西都用欄柵、鏈鎖起來。』

「『我丈夫，』二姊說，『比你的更不如。他患坐骨神經痛，整天彎著腰，使他一年還難得和我睡一覺，痛風使他的手指又彎又多結，我必須以一半的時間替他按摩。你記得我以前不是有雙美麗的玉手嗎？而現在成天替他弄臭蒸身劑、爛藥膏和骯髒的灰泥，把一雙手毀成什麼樣子了？我不像個皇后而像外科醫生的助手。你實在也太能忍耐了，我親愛的；請你原諒我的坦白話，你也像個奴隸一樣接受你的運命。說實話，我決不忍看我妹妹過著不相配襯的生活。我很高興你也注意到她對我們的傲慢態度，她誇耀她的財富和那些臭禮物，等她厭煩我們的時候，便呼風把我們送走。如果我不能看見她不久自高峯跌入陰溝，我便羞爲婦人。如果你對於她對我們的侮辱一樣感到痛苦的話，何不合力設法來殺殺她的威風？』

「『我完全同意，』大姊說。『首先我建議我們必須不露聲色，甚至於對父母雙親也一樣，我們不要把她的禮物給任何人看，不讓人知道她還活著。雖然不將這消息傳遍各處，光是看見她的幸運便已經夠受了。富貴而不爲人知一點樂趣都沒有。我們必須讓賽琪認清，我們不是她的傭僕而是她的姊姊。」

「『好，』較年輕的姊姊說，『我們先回到老丈夫身邊去，不要對父母親說什麼。等我們想到殺壓賽琪驕傲的好辦法時，再回來勇敢地加以施策。』

「兩個壞姊姊握手約定，她們藏起賽琪給的無價珍寶，兩個人抓破面孔、拉扯頭髮，假裝因爲找不到賽琪的蹤影而悲慟萬分的樣子，這使得國王皇后比以前更傷心，然後她們分手，滿心毒恨地回到自己國家去，想著毀滅她無辜妹妹的辦法，必要時甚至於不惜一殺。

「這時，賽琪隱身丈夫又對她警告。有天晚上他問她：『你知道遠方有陣風暴在醞釀嗎？除非你採取極小心的防範，否則它會立刻降臨把你吹走。這些奸毒的母狼正在計劃使我們毀滅；她們會促求你看我的真面目，我對你說了多少次，一旦你看見我，你就永遠失去了我。所以，如果這些可怕的女巫再來找你——我斷定她們會的——你該拒絕和她們見面。如果這個要求對像你如此寬容純潔的女郎太困難，那麼你至少應當拒絕答覆她們的問題。你假裝沒有聽見她們的話。這點最爲重要，因爲我們已有個家庭；雖然你只是個孩子，但是你將會懷個孩子。如果你守秘密，你的孩子會是天神。如果你洩露了，那麼他只是個凡人而已。』

「賽琪聽說她將生個神祇的兒子不禁雀躍萬分。她開始興奮地計算分娩的時間日期。她對生命之奧妙鮮有所知，所以她不瞭解爲什麼童貞被突破會對她身軀發生如許奇怪的變化。

「壞姊姊們又充滿著狂怒趕向賽琪的宮殿。賽琪又一次地受到警告：『今天是決定之日。你的敵人已近。她們已經駐營，集中力量衝鋒而來。她們是你同樣性別與血統的女人，她們是你的姊姊，抽劍指著你的咽喉直衝而來。哦，親愛的賽琪，我們周圍環繞著何許危險！可憐你自己、我和未出世的孩子？保全我的秘密，使我們免於陷入威脅我們的毀滅。拒絕去看那些惡毒的婦人。她們誤用了被稱姊姊的權利，因爲她們在嫉恨你。禁止她們來到此地，別聽她們的話，她們像倚在懸崖上的西玲姊妹①，以其陰險的聲音使岩石回應。請你保持絕對的沉默。』

「賽琪嗚咽地說：『你當然可以相信我。上次我姊姊來看我，我已經讓你確信我的忠心與保守秘密的能力；明天依然一樣。告訴西風像上次一樣盡責，讓我至少看一眼我的姊姊們，做爲我永遠見不到你的些微慰安。你頭上美好的鬈髮，和我一樣柔軟的臉頰；發出無限熱力的胸膛；哦，我多麼希望從我寶貝的臉上看見你的相貌！請對我的懇求容忍和藹——你如果拒絕將對你的嬰兒不好——使你的賽琪開心。我們如此深沉地相愛。我答應你，如果你讓我見見姊姊的面，我將不怕黑暗，當我擁你在懷中時不再急著要看見你的臉，我生命的光！』她溫柔的聲音與愛撫使他無法堅持。他用他的頭髮擦乾她的淚水，允准了她的要求，又在拂曉時消失了。

「壞姊姊們在附近港埠登陸後，連父母親也不去拜見，便直赴山谷上的石峯去，而不等微風拂動衣裳便大膽地跳了下去。雖然西風萬分不情願，也只能服從命令，用外氅包起她們平安著陸。

---

① 希臘神話中意大利海岸附近島上三美女神，相傳以其歌聲蠱惑經過之航海者使之滅亡。

「她們衝著宮殿叫道：『妹妹，親愛的妹妹，你在那裏？』而且以賽琪信以爲真的摯情擁抱她。然後她們用喜笑遮住陰謀，大聲説：『哦，賽琪，你不像以前那麼苗條了。你不久便要做母親了。我們多麼想看看你的寶貝的樣子，父親母親對於這個消息一定會感到高興。哦，我們多麼喜歡替你抱那美麗的嬰兒。如果他像他的父母，他應當也是個十全十美的小邱比特。

「她們慢慢地獲取了她的信任。她看見她們已經疲倦，便請她們稍做休息，並替她們倒熱水；當她們入完浴後，請她們享用生平未曾嚐過的佳餚，一道道美食，從切香腸到糖果，而且她命令一邊奏起看不見的豎琴，合唱隊唱出最悅耳的樂聲。可是這種仙樂仍無法和緩姊姊的硬心腸，她們漸漸把話題轉到她丈夫身上，問他是什麼人，他的家庭從何而來。

「賽琪是個很單純的人，她忘了以前杜撰的故事，另外編了一則。她説他是鄰省的中年商賈，十分有錢，頭髮微鬈。於是她匆匆把談話結束後，又送她們無價珠寶，命西風之車送她們回程。

「在她們回家的路上，二姊問：『喏，你看，她對我們撒漫天大謊。起初這可憐的東西説她丈夫是個青年，微有茸鬚，而現在她卻説她丈夫是中年商賈，頭髮微鬈。真會編啊？你可斷定，這畜牲把些事瞞著我們，否則她不會連她丈夫什麼樣子都不知道。』

「『不管事實如何，』大姊説，『我們應該立刻把她毀掉。如果她沒見過她的丈夫，那麼他一定是個神，她的孩子也會是神。』

「『如果真有那麼天地不容的事發生，』二姊説，『我會立刻上吊——我不能容忍賽琪做神的母親。我想現在有了作弄她的好線索。現在我們去看看父母親好不好？』

「她們進宮隨意和父母打個招呼。她們心中的激怒使她們整夜難眠。天一亮她們又趕上山，在西風幫助下降到山谷，她們擦擦眼睛強擠出幾滴眼淚，對賽琪說：『哦，妹妹，無知便是幸福！你安靜地坐在這裏一點也不知道即將降在你身上的大難，他們都十分憂慮。你知道，我們是你的姊姊，我們三個人一向共享喜樂哀愁，我們如果不把危險告訴你，那是不應該的事。事情是這樣，夜晚偷偷溜上你床舖的丈夫是條大蛇，口如血盆，身體可以環繞你十二圈，頸中有無比的毒藥。記得阿波羅的神諭嗎？他說你注定嫁給兇惡的猛獸，附近有幾個農夫曾經在黃昏時看見他獵食歸來，甚至鄰村裏有許多人看見他游過溪流。他們說他不再縱容你，當你孩子近九個月後便要把你活活吃掉，顯然他最喜歡吃懷孕的婦人，所以你最好立刻決定是否離開此地和我們住在一起——我們將盡力拯救你——或且是留在這裏讓大蟒生吞。也許你覺得現在白天和聲音住在一起，晚上和毒蛇發生秘密而可鄙的關係，使你頗爲滿足，但是我們是你親愛的姊姊，必須盡責以警告你後果如何。』

「可憐的傻賽琪對這件消息至感震驚。她完全無法控制住自己，面色死白，全身發抖，把她丈夫警告她的話忘得一乾二淨。她所有諾言已沒入了不幸的深淵。她喘息地說：『親愛的姊姊，謝謝你們的好意。你們應當警告我，我相信那些對你們報信的人不會胡說。事實上，我從來沒有見過我丈夫的面，所以不知道他是什麼以及來自何處，我只聽見他在晚上對我講的低語。沒有一個人會嫁給像他那樣憎恨陽光的人，我有理由像你們一樣，懷疑他是個妖怪。而且他常常給我可怕的警告，不讓我知道他的真面目。你們如果可以告訴我應當怎麼辦，請立刻告訴我，你們是我的親姊妹，否則你們的努力均是白費。

「壞女人看見賽琪的防衛已潰，她的心扉大開正等待進攻。於是她們兇狠地利用時機。

小的說：『血溶於水，想起你的危險，便使我們忘了自己的處境。我們兩人對這件事討論了無數次，昨天才得到一項結論，認爲你只有一點自救的機會。這樣吧，弄一把很利的刀子，再在手掌上磨得更銳些，把它藏在床上什麼地方。再找一盞燈，灌滿燈油，小心把燈芯捻好，點上燈放在臥房帷帳後。這些事應當秘密準備，當晚上妖怪來時，等他睡熟了——你當然可以由他的鼻息判斷出來——然後小心拿著刀子爬起床到放著燈的地方，靠著燈光的幫助來實現你的壯舉，用盡全力把刀子插進他的毒頸裏去，把他的頭割下來。我們答應站在你身邊謹慎地看守。你殺他自救之後，我們會跑來幫助你帶了寶藏離開這裏。而且，我們會替你找個高貴的人類丈夫。』

「她們看見賽琪已經決定依照她們的建議行事，便悄悄溜走，她們怕太近她身，會招來巨禍。她們由西風幫助上了山，盡量趕快回船，立刻出發歸國。

「賽琪單獨地坐著，正如一個決定弒夫的婦人被憤怒之神所附身一樣。她腦海中不安得像暴風雨的海洋。當她開始準備她的罪行時，她的意志非常堅決。但是，她立刻又動搖了，開始擔心假如她成功了怎麼辦？要是失敗了又怎麼辦？她忽忙忽懈拿不定這件事是對是錯，然而她立刻又怒氣填胸。這個故事最奇怪的一部分是，她爲與毒蛇共眠的事而忿恨，另一面她卻又愛她的丈夫。近黃昏時，她才決定準備好油燈和刀子。

「夜臨時，她丈夫到她床上來，他們相吻擁抱之後，他睡著了。賽琪在天性上不是一個勇敢强壯的人，可是命運殘酷的力量使她成爲悍婦。她兇猛地搖著尖刀，掀開帷帳使光亮照在床上。

「立刻秘密揭穿了。床上躺著的是動物中最文雅可愛的邱比特，美麗的愛之神，一看見他，燈火高興地熊熊昇亮，而刀子羞慚地轉回了刀鋒。

「賽琪驚詫如狂，她無法控制她自己，死樣地蒼白、發抖地跪下，她絕望地要將刀鋒刺進胸膛以遮掩起武器。如果刀子不是因爲自罪惡中捲縮，她已經成功了。刀子從手上掉落。雖然她神志不清，等她看見邱比特神聖的美麗時心中已感到好了些：他的金色頭髮，還染有洗過的神酒之香，白頸紅頰和頭兩邊垂著的重重的鬈髮——頭髮光亮地輝映著燈火。他肩上長著純白的柔軟翅膀，雖然它們正在熟睡，但是羽毛仍頑皮地微微搖動。他身體的其他部份光滑美麗，連維納斯也因他是她的兒子而感驕傲。床腳上放著偉大神祇的弓箭和箭筒。

「賽琪只有仔細察看她丈夫的神聖武器才能滿足她的好奇心。她自箭筒中抽出一支箭，用指尖試試箭端的銳利，可是她顫抖的手按得太重，皮膚被劃破流出了一兩滴血，於是賽琪深深地愛上了愛神。她心中燃著比以前更濃烈的愛意，她喘息地覆在他身上，欲望高漲，不斷地熱吻著他；她現在只怕他醒來。

「她充滿著熱烈的喜悅擁抱著他，她手上的燈不知是出於奸惡、妒忌，或者是因爲也想碰觸這異常美麗的身體，竟然濺落一滴熱油在神的右肩上。多麼無禮鹵莽的燈，愛之壇上無價之容器——第一盞燈一定是個愛人爲了在暗夜中延長他眼睛的熱情幸福——燙炙全是熱火的神祇，邱比特痛苦地躍起，一眼看清了目前可恥的場景，一聲不響地展翅飛出去；但是可憐的女郎已經用雙手抱住他的右腿，吊在他身上。她的樣子十分奇怪，像是要被帶上雲霄；不久她力氣盡竭，又墜落在地上。

「邱比特並没有立刻離棄她，他站在附近的柏樹頂上責備她。『哦，癡騃、愚蠢的賽琪，我爲了你違背了我母親維納斯的命令！她教我使你對一個毫無用處的人鍾情，但是我寧願自天堂飛下來做你的愛人。我十分清楚我行動太欠考慮，現在看看這個後果！邱比特，著名的神射手，現在用自己的箭刺傷自己，他要的女子以爲他是妖怪；她想割下他的頭，把向她射照愛意的眼睛弄瞎。我已經再三地警告過你，請你要時刻當心。既然那些姊姊使你反對我，而且告訴你可恨的建議，我誓將向她們報復。可是對你的懲罰比較簡單，我將從你身邊飛去。』他昇上空中不見了。

「賽琪一動不動地躺在地上，呻吟地望著他飛去。當他堅定的翅翼把他帶到她視野以外後，她爬到附近的一條河中，投身下去。可是仁慈的河水爲了尊敬對飛禽走獸及魚族親愛的神力，用一陣和緩的波浪把她衝到岸邊，使她安全乾淨地躺在花地上。

「潘，羊腿的田野之神，剛好走在附近撫摸著山中的小仙女愛可，教她誦唱各種可愛的歌曲。一羣母羊在周圍遨遊，貪婪地嚼食青草。潘已經知道了賽琪的不幸，他走向被遺棄的女郎，盡力安慰她。『美麗的可人兒，』他低語，『我雖然是個老牧人，而且是個下人，但是我一生有過許多經驗。如果我的推斷——有人會稱之爲先知——不錯，由你蹣跚的步伐、你的蒼白、不停的歎息、你悲哀的眼神，可以知道你正在熱戀之中。聽著，別再打算跳崖自殺或其他愚行。別哭，高興起來，對邱比特坦露你的心胸，他是我們神界中最偉大的，他是個被慣壞的青年，你只能用最文雅，最秘密的言語向他祈求。』

「能夠聽潘講話是件幸運的事，可是賽琪沒有回答。她只是盡責地鞠躬離去。她沿路沿河躑躅了一會，後來，由於什麼理由她決定順條小徑離開那裏。黃昏時，她走到一個城市，發現她的大姊是那裏的皇后。她到宮殿時，立刻被邀入。

「互擁之後，皇后問賽琪來做什麼。賽琪答：『你記得你們叫我用刀子殺死假裝成我丈夫、想要吃掉我的毒蛇嗎？我拿了刀子，用燈照亮我的床，卻看見了一次奇蹟：維納斯的神子邱比特在床上熟睡。我心中實在過於歡欣愉快。我昏了頭，不知道該如何滿足我對他的欲望；可是由於巧合，一滴熱油自燈上落在他的肩上。痛苦使他醒來。當他看見我執燈拿刀時，他大叫：『壞女人，立刻離開！我現在和你離婚了。我要娶你的大姊。』於是他叫西風把我吹到這裏來。』

「賽琪還沒對她姊姊講完故事，她姊姊已瘋狂地妒忌她和神共床，並且熱切地希望自己也有這種經驗，便跑去對她丈夫說她雙親故逝，必須起航回家。最後，當她到達石山時，另外有股風正在吹，她自信地叫：『我來了，邱比特，一個得你愛的女人。西風，立刻送你的女主人入宮！』於是她向下躍去；但是她不論生死都沒有到達谷地，因爲當她摔下時，石頭把她的肉割成碎片，血肉內臟漫流在山腰上。她得到了報應，野獸飛鳥享用了她的屍體。

「賽琪各處流浪，直到她抵達下一個城市，她另一個姊姊在那裏做皇后，她把同樣的故事告訴她。壞女人希望代替賽琪取得邱比特的愛，她立刻起身出發到岩石山上，並且跳下去，遭到了同樣的結果。」

第九章　邱比特與賽琪㈢

「賽琪繼續在各國旅行尋找邱比特；可是他在天上，躺在他母親的華麗套房中痛苦呻吟。這時有一隻嬉浪趁波的白色海鷗拍拍雙翼潛入水中；牠在那裏遇見浸浴的維納斯，便把她兒子邱比特受到嚴重炙傷、臥床不知能否康復的消息告訴她。牠也告訴她到處流傳關於維納斯家的謠言。人們說她兒子飛到某處山中和一個女孩有不名譽的勾當，而維納斯自己爲了貪圖海邊假期竟疏忽應有的責任。『結果，』海鷗尖叫，『歡愉、優雅和智慧已自地上消失，處處是醜惡，枯燥和邪惡。沒人理會自己的妻子朋友；人類的愛情已完全解體，現在一個人如果表現出其愛的天性乃是十分羞恥的事。』

「這個健談多事的鳥已經成功地使維納斯對她兒子起了反感，她十分生氣地叫：『那麼，我這個前途遠大的兒子有了情婦，是吧？來，海鷗——似乎只有你還對我保有真正的敬意——告訴我，你知道勾引了我那單純可憐孩子的東西的名字嗎？她是山林水澤的仙女，還是司時序女神之一，她是繆斯之一，還是我自己掌管的司美之神？』

「海鷗迫不急待地把聽來的傳言傳播出去。『我不敢斷定，陛下，但是如果不是我的記憶力在和我惡作劇，我想故事是說你兒子熱愛上一個叫做賽琪的人。』

「維納斯怒不可抑。『等等！那麼多女人，單單跟她？和賽琪？那個褻瀆我美麗、侮辱我聲譽的人？事情越來越嚴重。是因爲我的原因他才認識那個女子。這個無恥的東西把我當成了鴇母？』

「她立刻自海中起身，趕回她美麗的房間，立刻發現邱比特臥病不起，正如海鷗所說的。她一進房便放開嗓子大叫：『這個行爲不是很高貴嗎？你替你神聖的家庭招來了好事，替你自己建起多好的聲譽。你把母親的命令踩在腳下，好像對你毫無約束力，且把可恥的愛情給了她的敵人。你沒有照我的話去折磨她，卻無恥地去和她睡覺。在你這個年齡，真是個淫蕩的登徒子！你一定以爲我想要她做媳婦，啊？你這無賴，你這荒淫可惡的小子，你一定以爲你是我唯一的子嗣，而我已經過了生育的年齡！你記住，只要我願意，我還可以再生個兒子，還比你好，而且隨時準備奪除你的繼承權。我還可以更嚴重的使你羞辱，我可以合法收養我奴隸的兒子，把你的弓箭翅膀和火炬給他，因爲你沒有依照我的意志使用它們，我有權這樣做，它們沒有一件是你父親浮崗①給你的。事實上，你自小便喜歡惡作劇，以傷害別人自娛。你的態度惡劣，時常射擊你的長者，而連我，你的母親，你對著全世界整日侮辱我，你這逆母的東西，用你可怕的小箭深深刺進我的心。你嗤笑我，叫我：寡婦，大概是因爲我和你父親已經絕交，而且你勇敢無敵的繼父馬爾斯②毫不尊敬我，你盡量使他追逐別的女人使我生氣。你玩這些把戲終有一日會後悔；我警告你，你這次婚姻會在你嘴裏留下苦澀的味道。』

① 大神。
② 戰神。

「他沒有答覆，她又以較低的聲調怨訴：『事情已經發生，人人都在笑我，我一點也不知道怎麼辦，到何處去。我如何抓住並關起這頑皮的小壁虎？我想我只好去向老蘇伯萊特①請教。我以往因爲這個慣壞了的孩子時常得罪了她。我非得去求教那個討厭的老怪物、我天生的對頭嗎？這個念頭使我發抖，但是只要復仇，不管來自何處都是甜蜜的。是，我怕只有她才能幫助我。她會給這小畜牲以處分：沒收他的箭筒，挫鈍他的箭尖，把他的弓弦扯斷，熄滅他的火炬，她還會進一步地剃去我曾經親手梳髮的金髮，剪掉我以自己乳汁染白的翅翼。這樣做，也許會使我心中稍安一些。』

「她又衝出去立刻遇見她的繼母朱諾②和姑母西利斯③，她們注意到她的憤怒，問她爲什麼以如此深切的怒氣來破壞她眼睛的美麗。『遇見你們真可感謝，』她答：『我需要你們使我安靜下來。如果你們仁慈的話，你們可以幫我的忙。請你們爲我查問出一個出奔的名叫賽琪的究竟在何處——我相信你們一定已經聽過她，以及她使我家蒙羞的醜事，她和……你們知道是和誰！』

「『她們當然知道，於是便想慰平她的怒意。『親愛的，』朱諾說，『你不可以把這件事看得太重。爲什麼要剝奪他的樂趣，殺死他所愛的女子呢？他犯了什麼大罪？和一個漂亮的女孩子睡覺能算是罪嗎？』

---

① 司節慾、懲罰之神。

② 天神宙斯之妻，司婦女婚姻及生產之女神。

③ 女穀神。

「西利斯說：『親愛的，你一定像以前一樣把他看作是小孩子，可是你必須認清他已經成人了。你忘了他的年紀了？而且，老實說，朱諾和我都認爲有點奇怪，你是個母親，而且是世界的母親，你堅持要把鼻子伸進他的私事，當你抓到他戀愛時，你卻責備你所遺傳給他的天才與性格。你在人間到處引起慾望，而同時卻要壓抑自己兒子的那種感情，神和人都將不會原諒你。你真想關閉製造全世界女性弱點的唯一工廠？』

「女神對邱比特的辯護有點言不由衷；她們也怕他的弓箭，所以不得不爲他說好話。維納斯看見她們不願正視她的逆子，只好憤怒地轉身急忙向海上而去。

「這時，賽琪日夜在各處遊盪尋找她的丈夫。雖然他一定憤怒填膺，但是她可以用他們愛情的語言或跪下苦苦哀求使他平息。有天，她看見一座陡峭的山上有間廟宇。她對自己說：『我不知道我丈夫是否在那裏？』於是她慢慢向山上走去，她心中滿懷愛情與希望，她困難地爬上一山又一山，終於抵達廟前。她到了神架前，發現那裏堆滿還願的獻禮，麥莖、麥環、麥穗、刈刀及其他收成。但是這些祭禮都放得雜亂無序，像是熱天裏由一個粗心的收割者所扔下的。

「她開始仔細地爲它們分類，放在適當的地方，她覺得她必須對所造訪過的神聖竭其尊敬之心，以便祈求神祇們的幫助。這所神廟屬於慷慨的女神西利斯，她看見她忙碌的工作，便自上方對她說：『哦，你，可憐的賽琪！維納斯十分憤怒，她在四處尋找你，她要殘酷地向你報復。我奇怪你還會抽出時間來看管我的事務，而毫不顧及你自己的安全。』

「當她拜倒在女神足下時，她的頭髮散披在地上，臉上沾滿了淚珠。她請求她的保護：『我懇求你，女神，奉你手上的稻莖，奉你收成的歡樂儀禮，奉你手提籃子中的秘密，奉你車前的飛龍，奉你女兒普羅壁平① 被神祇强暴的西西里溝谷，奉你馬車之輪，奉埋蓋在她身上的土地，奉她幽暗可悲的婚禮，奉她持火炬的幸福歸來，奉伊留西斯地方祭祀你及你女兒的其他神秘之名，幫助我，請幫助可憐的女子賽琪。請允許我在你的麥堆中躲藏幾天，直到偉大女神的怒氣平息；即使不可以那麼久，也請讓我稍稍休息一下，因爲我已萬分疲倦，自從我出發至今尚未停止過一刻。』

「西利斯答：『你的眼淚和祈求打進了我的心坎：我十分願意幫助你，但是我不能觸犯我的姪女，她已是我多年來的好朋友，如果你認識她，便知道她的心腸十分仁慈。你最好立刻離開這裏，我没有逮捕你，你應當自慶幸運。』

「賽琪比來時加倍悲傷地離去：她没想到會如此地被斷然拒絕。不久她又看見在谷下一個黑暗樹林裏有座美麗的廟宇。她不願放過任何微弱的機會，便下去探明那到底是什麼神的廟以便要求庇護。她看見樹枝和門楣上掛著許多祭品，其中有金絲刺繡的華麗衣服，上面繡著所獻的神祇氏名：朱諾，並且記載著她賜給獻者的特別恩典。

「賽琪萎身跪下，擦去淚水抱著神壇，它由於方才的犧牲還是溫暖的，開始祈禱：『大神宙斯的姊妹和妻子，我不知你現在行蹤何處。也許你住在沙漠中的古廟之一——沙漠人誇稱你生在他們島上，在那裏度過你安靜的童年。或者你去山上的迦太基快樂之城，以往你在那裏以處女之身駕獅車上天。或者你注視著阿哥斯著名的長城，在過去的伊那朱河地方！你被敬爲天后，雷神的新娘。不論你在何處，東方奉你爲婚姻之神莎齊亞，西方敬你爲生育

① 地獄之皇后。

之神路西那，我懇求你，保護者朱諾，請聆聽我不幸的遭遇，自危險中救出我來。你看，女神，我已萬分疲倦，而且異常驚駭，我知道你一向樂於幫助懷孕的女子使她免於困難。』

「雍容華貴的朱諾降臨，說：『我親愛的，我實在萬分喜歡幫助你，但不幸礙於神聖的禮儀。我不能反對維納斯的意志，她和我兒子浮崗結婚，你知道而且我一向愛她如同己出。而且法律禁止我不得不經原業主之同意擅自收容逃亡的女奴。』

「賽琪為第二個希望的破碎而感悲慟，她覺得不能再前進找尋她有翅的丈夫。她放棄了所有平安的希望，對自己說：『在世間天上我到那裏去求助？連這些法力無邊的神都同情地表示愛莫能助。我的腳似已陷入命運之網罟，要求它帶我前進也沒有用了。我到那裏可以找到一間避過維納斯眼光的密閉房屋呢？事至如今，我親愛的賽琪，你必須鼓起一點勇氣，你必須斷然放棄所有無用的逃亡希望，自動投向你天上的女神面前。也許太晚了，不然至少嘗試以謙卑的行為平息她的怒氣。而且經過這段長途跋涉後，你也許可以在你婆婆的家中找到你的丈夫。』

「賽琪的決定是冒險甚至於有生命之危。然而她認為應當向她的女神懇訴。

「當時，維納斯已經不準備命人間僕役尋找賽琪，她回到天上，立刻命令套上她的馬車，車子發金光，精麗細工的價格比起其藝術價值更無法計算。這是她丈夫浮崗送給她的禮品。一向跟隨著她的鳥羣中，有四隻白鴿高興地疾飛向前，對珠寶輝煌的馬具伸出虹彩的頸子。當維納斯上車後，馬車閃電也似地向前馳去。後面有羣頑皮的麻雀和小鳥婉轉地唱歌宣佈女神的來臨。

「雲層消失，天空開朗高興地歡迎著她。她歌唱的衛隊一點也不恐懼猛鷹餓鷂，她直向宙斯的皇城而去，她要求天堂的守塔神墨克利立刻爲她通報。當宙斯皺眉點頭同意後，維納斯十分高興。她告退後，對陪伴著她的墨克利詳加指示。『阿加地的兄弟，你知道我一生事業沒有一件不是有你的幫助，你知道我已經好久得不到我逃亡女奴的消息。請你替我公開宣佈懸賞找她，並且要衆人服從我的命令。你清楚地把她的形容公告，使任何人不致於忽略而做爲包庇的藉口。這是她的形容；她名叫賽琪，所有細節全包括在裏面。』

「她給他一個小册子，便立刻回家去。墨克利遵照她的命令。他在到處叫喊：『哦嗬！哦嗬！如果有人看見或捕獲一個逃亡的公主，維納斯女士的女奴，名叫賽琪，或通風報信因而緝獲者，請到羅馬阿文丁山女神神廟來找天堂守塔神墨克利，賞酬如下：維納斯本人親自給七個香吻，以及特賜一次她香舌衝進雙唇的恩惠。』

「賞酬宣佈之後，人間燃起了妒忌與競爭之火，這使賽琪更不敢有所遲疑了。她已走進女神的大門，遇見了一個名叫老海比的管家婦，她立刻高聲大叫：『你這個壞蕩婦，你！你終於知道你有個女主人，啊？你這厚臉的東西別假裝没有聽見你惹的大禍，使我們大家四處找你。哦，我真高興你落在我手中，而不是別的奴隸，因爲你在這裏很安全——安全地在地獄裏，你的懲罰決不會延期，你這無恥可惡的東西，』她用手揪著賽琪的頭髮，把自願跟隨的賽琪拉到維納斯面前。

「維納斯像個狂怒的女人般發出神經質的笑聲。她狠狠地搖搖頭，抓抓她的耳朵——右耳，據説復仇之寶座在它後面。『呵！』她喊，『你居然也來垂顧你的婆婆，是不是？也許你是來看你丈夫的病，看他被你燒傷的嚴重病勢？請不必客氣。我答應你以一個婆婆招待他媳婦的態度歡迎你。』她拍手召喚奴隸，『焦急』與『悲傷』跑上來，她把賽琪交由他們處理。他們把她帶下去用些辦法折磨她，然後又把她帶回維納斯面前。

「維納斯又笑著叫：『看著她！看這個婊子！她那大肚子使我很替她難過。天，使我這祖母心如絞痛！祖母，真的！在這個時候做祖母真是多妙的事！再想想看，這個可恥奴隸的兒子被稱爲維納斯的親孫子！不，那自然是胡說八道。神人之間的婚姻，在深山中舉行而没有證人，甚至連新娘的父親也不同意，法律決不會承認它的；你的孩子是個私生子，我的小姐，即使我准你到人間去生產。』

「她說完便飛到可憐的賽琪面前，把她的衣服撕成碎片，一把把扯下她的頭髮，然後抓住她的肩膀猛搖她，差點把她的頭都搖斷，使她痛苦萬分。其次，她又喚人拿來大量麥子、燕麥、小米、扁豆、大豆、紫雲英和罌粟種子，而且把它們混雜起來。『看吧，奴隸，』她說，『你可能得到愛人的唯一方法是苦工。現在我自己來考驗你，看你是否真正勤勉。你看見這一堆混合的種子嗎？把它們各自挑選分成許多小堆，在夜晚之前依各種穀類分好，證明你勤快。』她說完便飛去參加婚宴了。

「賽琪並不打算做這件愚蠢的工作，她呆呆地坐望著它。一隻田野中的小螞蟻剛好經過此地聽見方才的情形。出於對偉大愛神妻子賽琪的憐憫，使這小東西尖聲咒罵殘酷的婆婆，並且急忙把本區所有的螞蟻召來。『可憐她，姊妹，可憐這個美麗的女郎，慷慨大地忙碌的孩子們。她是愛神的妻子，她的生命岌岌可危。快，快去救她！』

「螞蟻們划動六腳以最快速度奔去，一波波螞蟻開始分類的工作。不久牠們便整齊地把種子分成許多堆然後離開了。

「當夜維納斯回來時有點微醉，身上發出催淫藥膏的强烈氣味，並且掛滿了玫瑰花環。

她看見賽琪何等神速地完成工作，便說：『你自己根本沒有動手，你這壞東西。你是叫爲你迷住的人替你做的，可憐的傢伙！但是你也要變做可憐的東西。』她丟給她一塊硬麵包便上床去了。

「她把邱比特禁閉在他臥室裏，一半是使他不能再外出惡作劇以免加重傷勢，一半是爲了使他遠離他的愛人。愛人們度過了一個悲傷的夜晚，他們在同一屋頂下而不得相會。」

「當黎明女神駛著她的馬車馳過天空，維納斯對賽琪說：『你看見那條岸上長著樹林、水面上低垂著纍纍果實的溪流嗎？閃亮的金羊在那裏遊盪而沒有牧童看守牠們。我要你替我取來一束寶貴的羊毛，我不管你是如何取來的。』

「賽琪情願地立起，但是她並不想遵從維納斯的命令：她決定投身河中結束自己的悲哀。但是一根綠色蘆葦——潘用來作笛子的那種——被神風吹動對她低語：『等等，賽琪，等等！我明白你所受的苦難，但是你決不能以自殺來沾污這聖水。還有一件事，你決不可以走進樹林，在危險的羊羣中冒生命之險；現在還不行。太陽的烈火使那些畜牲十分煩躁，牠們會殺死進入牠們中間的任何人。牠們會用尖角觸死他，或用石硬的頭撞死他，或用毒牙咬死他。且慢，賽琪，且慢，等到午後，溪水的低語會催牠們入眠。躲在大樹下等羊羣安靜後，你可以在樹林間收集到你要的金羊毛。』

「賽琪聽了這根仁慈單純的蘆葦的勸告，結果確實無誤；那天晚上，她帶著滿懷美麗的金羊毛給維納斯。但是她第二次冒險的成功，並不令女神滿足。她以殘酷的微笑對她說：『很明顯，又有人幫助你。我現在要對你的勇敢毅力作更嚴格的考驗。你看見那個高山的巔峯嗎？你可以發現在危崖的那邊有條黑瀑布灌下山谷，流過恨之沼澤，滙入哭聲的悲泣河。

這裏是個小瓶。立刻出發，從河中央石頭開出浪花的地方取回一滿瓶冰冷的水。』

「她給了賽琪一隻明亮的水晶瓶，並警告她如果空手而歸會受到如何待遇。

「賽琪立刻前赴山頂，它叫做阿羅紐斯山，她想至少在那裏可以找到結束可憐殘生的方法。她走近時才認清這是一件危險得愚蠢的困難工作，自奇高、陡峭、溜滑的石崖之中瀉出可怕的黃泉，沿著數十世紀來造成的狹道，隱形地流入下面的山谷。在出口兩旁，她看見永不睡眠永遠睜眼張牙舞爪看守著的毒龍，牠們把長長的頸子伸在水面上。黃泉滾滾而流時，時常改變字句地唱著：『走開！走開』以及『你要什麼，什麼，什麼？瞧！瞧？』以及『你的希望？希望小心，留意！』『快去！快去！快去！死亡！死亡！』

「賽琪像石像般站著，她的心已在遠處：她決不可能逃出維納斯爲她佈設的困境，她也已不用眼淚來宣洩——當女人在困難中這是最後的慰安。但是命運之神仁慈銳利的眼睛看見這受難的無辜靈魂。在他的建議下，宙斯忠實的猛鷹突然自天降到她身邊。他感恩地憶起他欠邱比特的舊情，他幫他帶著佛拉琴的美麗公主甘妮美黛上天而成爲宙斯的司酒者。因爲賽琪是邱比特的妻子，他對她叫道：『愚蠢，單純，沒有經驗的賽琪，你怎能希望偷到一滴可怕的聖泉？你一定聽過，連宙斯大神自己都畏懼黃泉之水，正如你以神聖之名起誓，也有人以黃泉起誓。讓我替你拿那個小水瓶。』他迅速地自她的手中攫過瓶子，用堅强的翅翼飛下去，沿兩行毒龍中的迂迴小道，口中顫動著三尖舌頭，到了目的地。河水不願把水獻出，警告他趁早離去，他解釋道是維納斯女神派他來取水；這個故事對河流有相當份量。他把水瓶裝滿後，平安地帶回給喜悅的賽琪。

「她回去向維納斯報命，但是這最後一次的成功仍不能稍抑她的怒火。維納斯決定佈下更兇險的考驗，微笑著說：『你一定是個女巫，一個十分聰明十分壞的女巫，否則你不可能完成我的命令。但是我還有一件工作等你去完成，我親愛的女郎。請拿著這個盒子到冥世普魯多①的死宮去。把它交給普羅塞平皇后，說：『維納斯向你問安，請你在這個盒子中裝點你的美麗，不要多，只要能維持一天就行。因爲她整夜坐在她兒子的病床前，而在自己的倉庫中多取了一滴，她現在已經沒有了。然後立刻把盒子帶回來。我必須利用她的化妝今夜到奧林匹克戲院去。』

「這下似乎一切都完了，因爲她的命令是叫她下地獄去。賽琪知道維納斯已公開毫不隱諱地送她去就死。她立刻爬上高塔，決定下地獄最快捷簡單的路便是直跳下去。但是塔開始講出人話：『可憐的孩子，』它說，『你打算自我身上跳下來自殺？你在考驗結束時卻失去了希望。你難道不知道當你身上的氣息失去後，你真會進入地獄底層而毫無回來的希望？聽我說，著名的希臘城市拉西代蒙離這裏不遠，在那裏去請人告訴你到臺納路的方法，這個地方已經相當不好找。它在南方一個半島上。你到了那裏便可以找到地獄的一個通洞。鑽過去，你可以看見一條下坡路，但是上面沒有車輛。沿這條路爬下去便到了普魯多的宮殿。你別忘了帶兩個浸糖水的麵包，一手一個，口裏含兩個錢幣。

「『在路上走了一段後，你會遇見一匹馱著木柴的跛驢，有一跛者會請你給他幾根繩索以便把驢子掉下的木柴綑起來。安靜地走過去，急急前去直到抵達死之河，查龍②即刻要你

①　地獄之王。
②　冥河之渡船夫。

付費，讓你登上擠滿鬼魂的破船。似乎這裏和查龍及其偉大父親普魯多無關，而是貪婪之神在支配①。你把一個錢幣給骯髒的惡漢，可是不要用手遞給他，他自會由你口中取去。你渡過急流時，會有個老人屍體會浮過來，他舉起手請你拉他上船，但是你決不可對他同情憐憫；那是違法的。上岸後，你走了一段路，會遇見三個女人。她們在織布，並且要你幫助她們。你也不可以碰觸那布。這些全是維納斯安排下的陷阱，她的目的是使你失去一塊麵包，你知道只要失去任何一塊都是致命的——它會使你不能回到陽世。這是準備給三頭三頸的大猛犬西比魯斯的，牠以三口齊吠的恐嚇死者，雖然死人只有影子，而牠不能傷害影子。

「『西比魯斯永遠守衛著普羅塞平的黑宮，她和她丈夫普魯多便住在裏面。丟塊麵包給它，那麼你就可以通過，走到普羅塞平面前，她會高興地歡迎你，請你坐在軟椅上，給你一頓豐盛的餐點。但是你只可以坐在地上向她要一塊普通麵包。你把信帶給她，她會把你所求的給你。

「『你出去時，把另一塊麵包扔給殘酷的狗，作爲讓你通過的賄賂。再把剩下的錢幣給船夫作爲渡資，然後你安全到了河的這岸，沿路回到熟悉的天地。還有件最重要的警告：你決不可打開看你帶回來的盒子。裏面的神聖之美不是你可以看的。』」

「賽琪聽從了和善、神聖的高塔的忠告。她到了臺納路，帶了錢和兩塊麵包，跑向陰間的路。沉靜地走過跛驢和跛人，把第一個錢幣給了查龍，不理會漂浮的屍體，用麵包平息惡犬的怒氣，走進普羅塞平的宮殿。她拒絕了舒適的椅子和誘人的盛宴，滿足地享用了普通麵

① 一個窮的死人過渡也要付資，否則他不能稱之爲真死，而只能在冥河這岸無依地遊盪。

包，把來意告訴皇后。普羅塞平秘密的裝好盒子又將它蓋上交給她；賽琪又以第二塊麵包停止惡犬的吠叫，給了查龍第二塊錢幣自陰世回歸。她到了地上覺得健康而有精神。她看見陽光時，立刻禱告讚頌它的可愛。她雖然急著要完成維納斯的任務，卻又愚蠢地讓好奇心佔據她的心坎。她自言自語道：『我把這一盒聖美帶回，而不借上一點，真是愚笨。我必須盡一切方法取悅我的愛人。』

「當她打開盒子，發現裏面既無美麗也無別的，從裏面爬出個冥世的睡眠抓住了她，用一陣昏迷的靈霧籠罩了她。她倒下去像個死屍般躺在地上，空盒子掉在她身邊。

「邱比特已經病傷復原，一刻也忍受不了賽琪的不在，他自囚禁的臥室窄窗飛出。他的翅膀經過了一陣休息把他帶得更遠。他急忙到了賽琪身邊，把睡之雲自她身上撥開、關進盒子，用無害的箭桿扶她起來，『可憐的女孩，』他說，『你的好奇心幾乎又毀了你一次。趕快做完我母親囑咐你的工作；一切事有我照應。」他飛走後，她立刻起身把普羅塞平的禮物交給維納斯。

「邱比特已經比以前更深愛賽琪，於是他開始他的頑皮計策。他以高速飛在天頂，然後撲向宙斯腳前，把他的案子向他申訴。宙斯捻捻他的美臉，吻吻他的手，又說：『我偉大的孩子，你從沒有尊敬諸神大會賦予我的權勢，你常常把你的箭射進我的心——這是支配四大元素與天體律令的地方。你卻常使他著迷於人間愛慾。這違反了天法與公共和平，使我陷入淫慾而變作蟒蛇、烈火、野獸、怪鳥，這有傷我的聲譽與權威。不過，我不能忘掉過去懷中的你以及我的仁慈，所以我願意答應你的要求。不過我必須提醒你一點：你必須防範某人會妒忌你美麗的妻子，以及索取她爲你所幫的忙；我勸你替我介紹一位今日人間特別美麗的女郎。』

「於是他命令墨克利召開諸神大會，缺席者罰一萬金幣。衆神都怕被罰此一巨額罰金，所以天堂戲院立刻客滿，宙斯大神登上光輝寶座致詞：

「『諸位列名於繆斯白册中的尊貴男女神祇，你們都明白那位青年是我自小撫育起來的，我認爲他青年期的熱情必須以某種方法加以控制。我無須提醒你們，每日有多少申訴來控告他所造成的通姦罪行。好，我認爲我們必須以婚姻之枷來羈絆這無賴漢以免他再犯。據說他引誘了一個名叫賽琪的美麗女郎，所以我的判決是令他從此永遠擁有她。』

「他又轉向維納斯說：『親愛的，你没有理由悲傷，或者因你兒子的婚姻而感羞辱。我覺得這樁婚姻門當戶對而且完全合法。』他命令墨克利立刻護送賽琪入宮。她來時，他端了一杯神酒給她。『喝下去，賽琪，使你變成神祇。』他說。『從此，邱比特不得自你懷中飛開，而且今後是你合法的丈夫。』

「天上立刻準備起早晨的婚宴。邱比特坐在主客席，賽琪的頭依著他的胸膛；宙斯坐在隔壁，朱諾也一樣靠著，然後諸神按著地位高低依次就座。宙斯的私人司酒妮美黛爲他進酒。巴庫斯則向全體勸酒。浮崗掌廚，時間之神將全宮舖滿玫瑰鮮花，司美女神遍撒香水，繆斯們和著簫笛之聲輕歌曼唱。最後，阿波羅彈起豎琴高唱，美妙得使維納斯表演一場美麗的舞蹈。賽琪嫁給邱比特後，生了一個孩子，他們把這女兒稱爲『喜悅』。」

我站在女俘身邊聆聽這美麗的故事，雖然它是出自一個酗醉半癡的老婦人之口，我仍感遺憾，因爲我無法把它形諸筆墨。

第十章　盜羣潰敗

强盜帶了大宗贓物回來，顯然經過了一番苦戰，因為有些人受了傷。他們決定傷者留在穴中包紮，其他人再到行動地點附近去把戰利品搬回來。未傷的人吞嚥晚餐後，驅著我的馬與我上路，用木杖鞭策我們，沿著一條百折千彎的路上山又下山，直至夜晚才走到藏贓處。我們十分疲倦，但是他們休息一會又立刻替我們裝馱，非常緊張地趕我們回程。他們趕我時，我撞到一塊大石頭摔了一跤，拳頭、木杖立刻雨也似地落在我身上，我站起來感到十分困難，因為後腿嚴重擦傷，直傷到腳蹄處。一個强盜大叫：「我們還要在這條爛驢身上浪費多少糧秣？它現在已經跛了。」

「是的，」另一個說，「我們抓到牠後，牠一直給我們帶來噩運。我們幾個最勇敢的同志受了傷喪了命，戰利品的成績也不怎麼好。」

他們的頭目同意：「很好，等牠把東西運回去，牠似乎並不心甘情願，我立刻把牠推下山送給老鷹作禮物。」

「不，不，這樣的死對這畜牲太方便了。」

當他們還高興地談著如何處死我時，我們已抵達盜窟，因為恐懼在我蹄上插了翅翼。他們迅速地卸下貨，喊出受傷的同志立刻回藏金處來補償，他們如此說。因為我的懶惰而造成的損失。他們帶了我的馬而留下我。

死的恫嚇使我十分恐懼。我對自己說：「路鳩士，你爲什麼馴良地站在這裏等待最後的大禍降臨把你活活打死？這些强盜決定打死你，非常殘酷的死亡，他們兌現自己的話不會困難。你看見山谷下的尖石頭？你被推下時，它會把你割得粉身碎骨。奇怪的魔術使你披上驢形，驢的愚蠢，但是沒有牠的厚皮；你的皮薄得像馬蛭一樣。何不鼓起人的勇氣，利用僅有的機會逃生？時機到了，現在强盜全已離去。你怕那個一隻腳已踏進墳墓了的老婦人嗎？你只要一腳便可以把她踢死。」

「可是我能到那裏去？」我又說，「誰會收容我？不，這是個傻問題，只有驢才會問得出口，那個旅客會騎上他遇見的迷失驢子？」我使出力氣掙斷了我的皮帶，盡快向前跑去。

老女人的眼睛利得像老鷹；當我衝到她身邊時，她一把抓住皮帶的一端。以令我驚奇的勇氣想把我拉回去。可是强盜威脅著要殺我，我無法對她憐憫。我躍起後蹄把她踢倒。當她倒在地上時，甚至還緊抓著我的皮帶。我只好向前奔去把她拖在後面，她大叫求助，但是白費氣力。附近除了查麗泰之外並無別人，她聽見老婦的叫聲，立刻跑出來。這是可紀念的場面，當時鄧絲①的場景也一樣，她的繼子察賽斯與安飛翁爲了報復她的殘酷，把她的頭髮綑在瘋牛尾上。她把老婦人手中的皮帶奪下，叫我放慢腳步，爬上我的背叫我前進。我自己逃亡的意志更因決定要拯救女孩及她對我的叫喊而加强。我的四腳急踏著土地像匹賽馬，我想答應她對我的溫聲柔語，但是只發出粗嘎之聲，有時我轉回頭假裝在肚子上搔癢的輕吻她美

① 底比斯之女王名，因虐待其夫，被前妻之子縛於野牛上。

麗的腳。

她吸了一口長氣，緊張地向上看一眼，開始禱告：「哦，受祝福的神祇，幫助我，幫助我，現在我在危險之中。而你，殘酷的命運，請對我仁慈一點！你在我身上發洩的怒氣應當已經夠了？我對天發誓，我十分痛苦。」然後她低頭在我耳邊細語：「驢，親愛的驢，我的生命與自由全仰賴於你。如果你把我平安地帶回我雙親和奇妙的丈夫面前，我將會多麼感激你，多麼尊重你！我們會給你世間最好的食物。開始，我會梳理你的鬣毛，親手編紮；然後我替你分開鬈起的前毛使它們顯得更美麗；然後，我會花許多小時，替你分梳那久未洗理亂做一團的尾巴。我在你身上掛許多金符，我的恩人，直到你閃爍如多星的夜空。我引你到凱旋的遊行隊伍，許多奴隸在你身後三呼。我使你生活舒適，每天用囊裝栗子和珍饈給你吃。我准許給你一個悠閒快樂的生活；我在家中要樹起紀念碑，上面刻著我們逃亡的圖畫，然後叫一個聰明的作家寫下故事給後世子孫誦讀。書名嘛，我想應由是『驢背逃亡記』，或者『高貴小姐盜窟脫險』自然，這並不是十分好的題目，但是你在歷史上將佔有一席：你是使人們加强對神話信心的現代例證。我是指弗里薩斯騎羊渡河、亞里翁騎鯨、歐羅巴騎牛游過克里地的故事。如果宙斯真的是頭蠻牛，爲什麼我的驢不會是什麼神或人的化身？」

她喃喃不止，有時焦急地嘆息，有時渴望地禱告。我們走到一個雙叉路口時，她盡力要我向右邊轉，因爲這條路近她的家。但是我知道强盜自這條路去取贓物。我拒絕她的要求，在心中對她解釋：「可憐的女孩，你實在誤用了我對你的服務。你想做什麼？你想騎到另一個世界去？如果你選這條路，那麼我倆都會失去生命。」

她堅持，我堅拒，當我們像律師們在爭辯地產案件時，强盜們帶著贓物來了。在滿月下他們老遠便認出我們，而且以譏嘲的口吻向我們打招呼。其中有一個叫：「何必在月光下急趕路，我親愛的？不怕精靈或無主的鬼魂嗎？不？我說，你真是個好女兒，偷偷地拜訪你年老雙親想讓他們嚇上一跳。哦，讓你孤身旅行可真是羞恥，我們來護送你，讓我們告訴你一條捷徑。」他抓住我的韁繩，把我轉回頭，用根木柴無情地鞭打我。當我到盜穴時又面對死亡噩運，我記起我的蹄傷，跛著走路，頭上下點動。强盜笑著又給我一棒。「你又跛了，啊？你的壞蹄只可以跑而不能走，是吧？剛才你還像飛馬跑得一樣快。」

我們到洞窟外的圍牆時，發現老婦人頸子吊在支白楊樹枝上。强盜把她割了下來，用繩索拖著扔下山谷。他們又綑起女孩，貪婪地吃起老婦人爲他們預備的晚餐，他們一面狼吞虎嚥一面商討如何報復我們對他們的侮辱。正如一羣烏合的暴徒一樣，一方面同意死刑，一方面卻爭吵不休。

「把她燒死！」

「把她綁起來讓野獸結束她！」

「釘十字架如何？」

「先讓她受一套我們的刑罰。」

最後，有一個人請衆人安靜聽他的話。他以和藹愉快的聲音說：「伙伴們，我們團體的規定，以及作爲財產之軍，禁止我們加以重於罪惡的刑罰。如果以野獸、十字架及刑罰來報復對我們的侮辱，我自己會感到難爲情。聽我的話——讓這女郎過著她應當過的生活。早上，你們還記得你們決定殺死這匹驢。牠一向是條懶東西，現在又跛了腳，並且幫助我們的囚犯脫逃。我建議明天不要把牠推下溝，你們割牠咽喉，割了牠的肚腸，因爲牠喜歡這個女孩，那麼把她剝光縫進牠肚子。不過把她的頭留在屁股外面，其他部分全塞了進去。然後把他們放在太陽曬得最厲害的岩石上，我建議的優點是他們倆人都將受到應得的處分。驢子會死，其實他早就該死了。她的頭會被野獸啄擊，而身體被蟲蛀咬。她會被烤得像牛排一樣，當太陽開始燒熱驢的死屍時，野狗野狼會咬出她的內臟，使她以為自己被釘上十字架。如果你們認清其中若干小優點，便會認為這是個妙計。首先，她還會活在一個死獸的肚子裏；第二、她的鼻孔會塞滿臭氣；第三、她會饑渴受苦；最後，她無法用自己的手結束生命以減短受苦。」

强盜一致同意這個計謀。我的長耳聽見了每一個字，我想：「哦，我可憐的身體，明天你便成了臭屍。」

夜晚結束，全世界又被太陽的光輝馬車所點亮，一個人來到入口處便疲倦倒地。由他們招呼的情形，我知道他是他們的其中之一。等他呼吸正常後，他說：

「關於米羅家的事已無問題；我們對哈巴達人民已不用害怕。你們還記得搶了那地方把贓物運回時的情景嗎？我留在那裏當間諜，混在人羣中，假裝對這件事十分憤怒，注意著對於搶劫與追查强盜的步驟。再回來向你們詳細報告。事情是如此：一個自稱為路鳩士的人——真名不詳。人人認為是他犯的案。人家對我說：『事情清清楚楚。』

「這個路鳩士假造了介紹信，自稱為高尚人士，利用它來欺騙米羅，他請他住在家中，以自己人相視。他在米羅那裏住了一些時候，利用女奴把屋裏的所有情形與珠寶都查得十分清楚。他們對我說，他罪行的另一項證明是他在搶劫時失蹤了，到現在還不見蹤影。他們說連他那匹白馬都不見了。他的奴隸還在米羅家，被警方拿去作為搶劫與主人逃避的從犯。保安官整天刑求，差點把他殺死，他一直供稱他主人是無辜的，現在已去函路鳩士家鄉調查而且緝拿歸案。」

聽報告時，我心中不斷地呻吟，我將昔比今——幸福的路鳩士與可憐的驢子。我記得往聖古賢曾經說過：命運之神不但盲目甚至沒有眼睛，因爲她只獎賞壞人。她從不費心選擇她所愛的對象：如果她頭上有眼睛，她就不會選些她可能會鄙視的人。她最大的錯處在鼓勵人對我們有不實及矛盾的想法，誤解我們的性格，所以奸賊以弒殺聖人爲樂，完全無辜的人卻受到最壞的處分。例如我便是個證明：她似乎最惡毒地把我變爲野獸，一頭負重而最無知的驢。最壞的人卻得到她的眷顧，而且我被控告非普通的扒竊，而是搶劫了我慷慨的東主——這簡直與弒親差不多。我不但無法替自己答辯，而且連一句話都說不出來。在我面前對我提出的指控，任何有良心的人都不會安於沉默。我十分希望講話，那怕一句「不，不是我」，都已心滿意足。

我喊出「不！」一連串「不！」，但是我發現我顫抖寬懈的大嘴巴無法喊出「不是我」的聲音。我只好不斷地說不，不，不。

「我又何必不斷埋怨命運之神呢？」我問自己，「她使我變成家畜和自己的馬同伍，豈不已是她的第一個惡作劇嗎？」這些想法立刻又被另一個所替代：强盜打算犧牲我，利用我的屍體作爲查麗泰的囚籠，以免她的鬼魂騷擾他們。似乎他們親手殺了她，她一定會找他們。我再三地看我的肚子，好像可憐的女孩已經縫在裏面。

帶回我假罪行消息的間諜拆開衣服，拿出藏著的一千金幣，他說這是他在歸程上搶了幾個行人的結果。他有良知地把它納入公庫。最後，他又問起了幾個已經英勇戰死了的同伴，他也提議大家暫時放幾天假以便休息並去徵募伙友。他說，當地有些小伙子可能因恐怖而表示忠心，有些人看在贓物面上加入，另一些人可能喜歡換換環境，過過冒險而有權威的生活。他說他遇見一個高大魁梧的青年乞丐，請他幫他把行乞的雙手變爲伸向黃金，缺少運動使他瘦削，如果不能及時享受健康與氣力豈不可惜。經過一番爭辯後，乞丐被說服自動爲團體服務；他正在不遠處等候著。

强盜們全同意建議的假期，並召募新人以使團體加强力量。

於是間諜出去，立刻把乞丐帶回來。他肩膀十分寬闊，比强盜中最高的還要高出一個頭，雖然他的鬍鬚很長，但顯然是目前最漂亮的男人。他强壯的胸膛和肚腹的肌肉突鼓在破衣之下。

他一進來便說：「早安，先生們。如果你們願意接納我作爲你們的一份子，我將驕傲地成爲你們的伙伴，而且在保護神戰神之下努力服務。我是個很勇敢的傢伙。我喜歡在戰鬥中讓拳頭打在我身上勝過金幣塞進我的手掌。人家怕死，我鄙視它。別以破衣來判斷我。我既非乞丐又非浪人，而是以前橫行在馬奇頓人人畏懼的巨大强盜隊長。我名字是薩拉西的海姆斯——它曾使全省人發抖——我父親也是著名的强盜頭目特羅。我吃人血長大，在盜窟成人，我繼承父親的勇氣，追隨他的足跡。可是我失去了大羣人馬和我們捕獲的財寶。戰神所以對我生氣是因爲我攻擊了皇帝的大官，一位每年二千金幣的前任省長，他因爲噩運丟了官。你們可願聽這個故事？」

「是，請從頭開始，老兄！」

「很好。我說過，這個官員在王朝有輝煌的事業，皇帝對他甚爲倚重。可是妒忌他的對頭講他的壞話，使他與妻子一同流放。他的妻子是普洛娣納，一位十分忠實高貴的女性，她不喜歡城市生活，她替丈夫生了十個孩子，現在歡愉地共享他的噩運。他們在保護下前赴港口前，她割下頭髮，穿起金幣和最值錢的金鍊掛在腰間的男人衣裳。士兵們拔劍也不會使她恐懼，她盡心地照顧丈夫，在危險中，她對他無微不至，而且像個最勇敢的男人。悲慘的旅程終於在一個黃昏結束。他們望見了流放所的查新沙斯。船駛進亞克提海灣。他們上了岸，因爲他們發現氣味惡劣，便在海邊草屋中過夜。

「我們離開馬奇頓，剛好在該區活動。我們破入草屋，把它掃得一乾二淨後平安撤退。這是次乾淨的行動，普洛娣納女士一聽見大門摜上的聲音，她大叫起來，不但吵醒了她的武裝警衛和所有奴隸，她一個個叫著他們的名字，而且呼叫附近的鄰舍來救援。如果不是她的奴隸嚇昏躲了起來，我們怕無法全身而退。

「這個好人——我不想道歉稱她好，因爲那是事實——又回到羅馬向皇帝求告。她替她丈夫提出極有理由的證明，使皇帝不但對流放的事感到遺憾，而且要替他的痛苦報復。他表示希望消滅海姆斯的盜團；你不知道凱撒意願的權威。它立刻便實現了。部隊被派來日夜追趕我們，直到抓住我們的腿爲止。團體被攻得破碎，只有一個人倖得逃生，那便是我自己。我設法爬出死亡之下頷。穿起女人的花衣服、大裙子，頭上包條頭巾，腳擠在一雙普通鄉下姑娘穿的白鞋子。我跳上一隻馱著麥子的驢背，平安地逃出了部隊範圍。誰也看不出我的僞裝，因爲我在當時並沒有鬍鬚，臉頰光滑得像個小童。那次的經驗今日想起來仍有餘悸。我化妝做女人，還單槍匹馬地在鄉下行劫，甚至强入有武裝的村莊，集起了這袋金子幫我上路。」

他拉開破衣，滾出二千金幣。「這裏，」他說：「我自動捐出來作爲基金——如果你們高興，把它稱爲嫁奩。如果你們接受的話，我準備領導你們的團體，在很短時間内可以在這洞穴中裝滿黃金。」

强盜們並不遲疑，他們一致選他作領袖，給他一套乾淨的衣服。他拋了破衣，穿上新裝，和每個同伴擁抱。然後他登上桌子上頭的躺椅，大吃大喝慶祝他的當選。强盜們告訴他關於騎我背上想逃走的女郎，以及他們對我們定下的酷刑。他問這女郎在那裏，他們把她帶上時，他發現她戴著鐵鏈，他轉過身不屑地笑著說：「即使我想反對你們的決定，我也不會那麼傻。不過，如果我不說出對這女郎和驢子的想法，我會感到羞恥。我當了你們的頭目，自然一切爲大家著想，所以請允許我坦白地發言。也許你們不會同意我的決定。我認爲，聰明的盜羣首先應該考慮利益問題，甚至於復仇也應當置於其下。如果你們把她縫進驢腹殺了她，這樣也許會稍微平息你們的怒氣，但是對任何人都沒有利益。不管你們把她帶到任何鎮市，這種處女都可以賣得高價。我曾經和幾個妓院大亨有過來往，其中有一個會付你們一大筆錢，而且把她放在高等妓院中——因爲她像是不會逃跑的。這樣豈不是可以同樣地報仇快意；她在妓院裏不會幸福的。現在，請你們決定如何，因爲我的提議完全是顧到你們的利益。」

他簡單地爲了團體基金而辯，也爲我們建議。於是接著的激烈爭論使我更感痛苦。終於他們贊成聽從領袖的忠告，立刻爲女郎鬆綁。自從她聽見那個青年强盜談起妓院和高等妓院後，她的精神突然轉佳，臉上現出微笑。我幾乎馬上變成了個憎恨女子的人，看見一個少女，尚是個處女，假裝深愛她名義上的丈夫，突然又喜歡到骯髒的妓院中工作！整個女性的性格在受審判，而法官正是一頭驢子！

青年隊長說：「我們應向戰神懇求，請他替這女郎定個價錢，而且順利地募來一些新伙伴。我認為目前我們無法祭祀或飲酒作樂。我需要十個孩子跟我到附近鎮裏去拿酒肉回來祭我們的神。」

他和十個强盜出發，回來帶了許多囊酒和一小羣羊。一隻魁壯的大公羊被選來獻給武士與强盜的保護者戰神；其他的用在宴席上。其他人已經去撿柴火和砍綠枝以為神壇之用。「你們會發現我不但是你們出擊時的領袖，也是你們娛樂的領袖。」新頭子說。他繼續嚴厲地督促手下洗掃地面拭擦桌椅，然後烹飪出最可口的菜餚請同伴吃，不斷地替他們斟酒。他還時常抽出時間假裝要拿東西，到女郎那裏去，而且把酒菜自席上偷去給她。她高興地接受，而且他還一兩次要吻她，她卻高興地回吻他。我十分震驚。我對自己說：「你該為自己羞慚，我的女孩，你把自己愛人拋諸腦後，卻在盜窟裏找到新歡！你沒有忘了那被打斷了的婚禮的特勒波利默斯了？你情願拋去父母為你選定的人，選上這個嗜血的陌生人？你的良心不受責備嗎？如果別的强盜發現你和這傢伙親吻，怎麼辦？設法騎上我的背，讓我再死一次嗎？真的，你是在以我和你的生命開玩笑。」

可是，我立刻發現我對這位女郎的判斷錯誤。因為我聽到了他的話，才知道這個强盜頭子乃是她的新郎特勒波利默斯。他是這樣說的：「勇敢點，親愛的查麗泰，你的敵人立刻會變為你的俘虜。」我注意到他自己喝得很有節制，而盡量勸其他强盜多喝，現在酒不但不滲水，而且還把它熱起來。他們立刻全己醺然酒醉。最後，當人人醉倒在地上時，特勒波利默斯用長繩子把他們一個個全綑起來。然後把查麗泰扶上我的背，一起回家去。

當我們走進鎮市時，人人都在外面等待著。查麗泰的父母兄弟親友奴僕全高興地跑過來跟在我們身後，再後面還有許多男女老幼。這真是可紀念的場面；一個處女騎驢榮歸！而我自己也全心全意地歡騰不已，我豎著耳朵，噏張鼻孔，高興地嘶鳴發出雷似的噪音。我們到了查麗泰家時，她跑上樓回她臥室讓她父母擁吻。而這時特勒波利默斯又帶我回盜窟去。許多鎮民帶著獸羣跟著他。我仍然十分好奇，我想看這些强盜到底如何下場。我們發現他們仍被緊緊地綁著。於是特勒波利默斯和朋友們把洞中搜空，把贓物馱上獸背，把幾個强盜推下懸崖，又用劍把其他强盜的頭當場砍掉，把他們屍體留在洞中。

我們凱旋地回去，完全的復仇使人人感到狂喜。把贓物送公庫，查麗泰中斷的婚禮再度恢復，她由人護送到特勒波利默斯家去。她是個好女郎，爲了我頗麻煩了她一番。她把我叫做她的救主，在結婚之夜叫守夜人給我成袋麥子和夠大駱駝吃的乾草。我不知如何詛咒浮蒂絲，我情願變爲一頭獵犬也不願變成蠢驢。因爲我看見羣犬在門口大嚼婚禮剩下的或是自廚房偷來的肉。

第二天早上，我認爲由於性的神秘變化，容光煥發的新娘告訴她父母和丈夫，她對我如何感恩，直到他們答應對我加以極大的榮寵後，才改變話題。於是他們召請來最聰明最負責的朋友來決定如何對待我。有人提議將我養在欄廏中，免去所有工作，以上好麥子豆子與蘿蔔飼養我；但是另外有人說由於我的自由天性，應該將我放諸草原，和那裏的母驢養育一些好小驢。結果，衆人一致通過。於是他們把牧場的管事召來，把我交給他，囑咐他好好對待我。我高興地隨他去，覺得我終將可以自由自在地奔馳草原，等明春花開時，我又可以找到玫瑰花。我身爲驢形，主人與女主人對我已如許感載，如果我變回人形，他們的感激必將更有過之。

第十一章　牧場

管事把我帶到離鎮數哩外的牧場去，我發現他不但沒有給我自由，而且承諾的事一件也不兌現。反之，他那吝嗇而壞心腸的妻子把我套在磨坊中，以我的汗水來替她家磨玉米，她還用枝帶葉的樹枝鞭策我。她利用我替她家做苦工，而且也利用我替她鄰居磨粉賺錢。她扣下答應給我的麥糧，整天叫我不斷地打轉，把玉米粉賣給別的農村。黃昏疲倦時，她只給我一頓全是碎石子的骯髒糠麩作爲晚餐。

這已經夠慘了，但是命運對我還有更殘酷的折磨——我想這也許是讓我以後有誇稱「在家在田野均有傑出表現」的機會。管事很久以後才記起主人對他的吩咐，暫時把我放掉，和草地上的馬羣作伴。終於自由了，我喜悅地跳向牝馬，在牠們身邊緩步，仔細觀察那一隻最容易挑逗騎上去。但是當公馬羣神志昂揚地——絕非一隻驢子之可比擬者——預防我去污雜牠們的品種時，我的希望又破滅了。牠們不理會對客人應有的責任，憤怒地向我衝來，有如我是牠們的大敵。有一匹昂起的牡馬用巨大的前蹄踢我，另一隻則以全力用後蹄蹬，第三匹一聲長嘶豎起耳朵用大尖齒咬我。我記起了一個傳統，塞拉西的黛奥米德國王是個至有權力的暴君，顯然爲了節儉的理由，把他不幸的客人置於野馬之下，他希望用人肉來飼養野獸以代替大麥。是，這些牡馬對我的攻擊使我花了許多時間才逃回磨坊，在那裏無精打彩地兜著圈子。

命運似乎無法饜足。她又想出折磨我的新花樣。管事令我到高山上去背木柴下來，而他派的男孩一定是世上最壞的東西。他不但令我從山上爬下使我汗流浹背，蹄子已在尖石上磨光，而且殘酷地鞭打著我，使我痛入骨髓。他老是打著我後臀的同一部位，使我的皮起泡破裂，結果成了一個洞或裂口，他還繼續地鞭打使血液潺潺地流下。他又在我背上加了連大象都負不起的重擔。而且擔子不平衡，他不從重的那邊抽些木柴下來，卻在輕的那邊加上石塊。這些痛苦似乎並不能令他滿意；當我們渡河時，他爲了不使雙足沾水，便跳到我的背上，好像他根本沒有重量似地。偶爾當我在河岸上滑倒摔跤時，他不但沒有幫助我——或拉住我的轡繩，或卸下一部分貨物使我可以起立——但是這個可惡的鬼童不管我身上負有多重的柴堆，卻用支大木棍把我身上的毛都打落了，他從頭打到尾，直到產生一種刺激力量。

他時常用種十分惡毒的把戲來作弄我，用一束又尖又毒的荊棘綁在我尾上，當我走路時，它碰到我後腿使我痛苦難忍。我碰到一個難題：如果我起步逃走躲避他的鞭打，則荊棘會猛烈地刺著我。如果我站定避免荊棘，則他的鞭打便無情地驅我前行。這個無情的孩子似乎只會用種種辦法來使我送命。接著有件事情使他更加橫暴野蠻。有一天我的火氣上昇，舉腳踢了他一記。他的反應簡直毫無人性；他讓我馱了亞麻重擔上路，亞麻緊緊地綁在我背上，當我們經過牧舍時，他自廚房偷了一塊熱炭放在麻堆中間。乾燥的麻莖立刻著火起來，熊熊地在我背上燒著。我似乎除了被燒死之外別無他途。站著設法把火滅掉，是不可能的事，這時命運來拯救我了，她的目的是讓我經歷更多危險。我看見前面有一潭昨天下雨遺留下的泥淖，便向前在裏面打滾。火立刻熄滅，背負已失，而且我並沒受到重傷。可是這惡童把所有氣恨全發洩在我身上；他對牧人說我故意想推到火堆使麻絪失火。他又笑著問：「我們要在這惡獸身上浪費多少糧秣？」

幾天後他又想出了個大主意。他停在第一家村舍，把我背的木頭賣出。然後牽著沒有負載的我回去。他說我無法控制我的壞脾氣，所以拒絕再帶我上山。「你看過這樣懶惰、慢腿的畜牲嗎？真是條驢，除了他以前玩的鬼花樣外，現在又新發明了一樣，這把我嚇得要死。只要他在路上看見一個漂亮女人或姑娘——有時一個男孩，他根本分不清楚——便瘋狂地衝過去，摔脫載負和轡繩，把她摔在地上。然後他對她極不名譽地攻擊，急喘地想在她身上一逞其獸慾。他甚至於用他那罪惡的老嘴去吻她，給她一個小小的愛咬。也許你會認爲很有趣，但是我被牽涉入許多吵架爭執甚至刑事案中，半小時以前，我們在路上遇見一個可尊敬的青年女子，這個浮蕩的畜牲把木柴散了遍地，把她頂倒在骯髒的地上。若不是她在他蹄下高聲呼叫，幸而有路人來解救，她便被強姦了。如果這位可憐的少婦因而死去的話，我就該上吊了。」

他又編了幾件相同下流的謊言，因爲我只能沉默所以他更加有利。最後他煽動牧童們一致同意將我毀滅。有一個叫：「是，怎麼處理這淫蕩的野獸？他不配活下去。嗨，孩子，把這淫犯的頭割下來，把他的腸子餵我們的狗，肉留下來可以吃。我們把他的皮擦上泥土帶回去給管事，就說是被狼吃了。簡單吧？」

男孩在刀石上磨刀，當他記起我踢他的一腳，醜惡地微笑著。他還沒有開始處刑，另一個牧童說：「只不過爲了他有點喜玩暴躁，便把這麼一隻有用的驢殺死未免罪過。你不閹了他？這樣不但可以治好他的毛病使他脾氣溫和易於管理，而且他還會長胖。我知道有許多畜牲，不但是蠢驢甚或是狂馬，等惡根移除後才十分就範。他們會變得如你的心意——不管是騎乘是運貨都很聽話。如果你們不反對，我先到市場（不會太久）再回家去拿閹具，立刻來替你把他去勢。我保證以後他會溫和馴良。」

當我見我自死亡口中脫逃出來，又要忍受最可怕的刑罰時，我無聲地哭了。如果那一部分被移去，我寧願死了的好。我又想起自殺，或且餓死，或且投崖了此殘生；我決定寧死也不願被閹割，但是我還沒有作實際的決定，可恨的男孩又把我帶走，作如常的上山之行。他把我拴在大橡樹上，自己拿了斧頭到附近去砍我負載的木柴。突然有隻母熊自鄰近的洞中探頭出來。這件突然事變使我嚇呆了。我猛烈地跳起來。頭絡脫落，我向前衝去。我不信任自己的四蹄，便沿著山坡一直滾到平地；在那時，我的頭腦尚未復原，不知該如何躲避那猛熊和更兇惡的男孩。

剛好一個行人走過。他以爲我是迷路的驢，便抓住我跳上來，用他抓著的木杖鞭打我沿一條陌生的小徑走。我小心地載著他，希望不要碰到那個提議閹割的牧童，所以不顧他的鞭打。何況我對鞭打已經習慣了。但是命運惡作劇如前，她阻止我逃跑，立刻又用新的陷阱捕住我；那些牧人因爲找頭迷失的牛，剛好迎面而來。他們抓住我的頭韁，强把我拉走。

我的騎士勇敢地問：「你們爲什麼這樣野蠻地拉我？請把手拿開！你們似乎不顧禮貌與國法！」

「國法！」一個牛郎責備地叫：「你偷了我的驢。告訴我你把趕牠的孩子怎麼了？你殺了他，是不是？」

他們把他自鞍上拉下來，在地上毆他踢他，不顧他發誓說沒有看見有人和我在一起。他說看見我迷路了，所以抓住我想歸還原主以得一筆酬金。

「天啊，」他說，「我但願沒有見到這頭該死的驢子！或是牠會證明我的無辜。如果牠會說話，你們會對剛才的行爲感到慚愧。」

憤怒的牧人不顧他的抗議，在他頸上套了繩圈押他到男孩方才砍木柴的地方去。到處沒有他的蹤影，最後終於找到他的殘屍，血肉拖得滿地都是。我知道這是熊的傑作，可是我只能沉默地望著這遲來的報復。他們收集孩子的碎塊勉强把它們拚成屍體，埋葬在當地。他們堅指騎我的人爲血腥的兇手，說他爲了偷我而殺死孩子，而他們在現場抓到了他。他們押他到他們的小屋，把他綁在裏面，打算第二天把他送交保安官控以兇殺之罪。男孩的父母也來高哭低吟，哭聲正高時，那個要閹割我的牧童過來打算完成工作。

現在不是施行手術的適當時間。有人對他說：「不，今天的悲劇和這頭惡驢沒有關係；明天再來割他的頭或私處，或隨你高興地做。我們也願意幫你的忙。」

大禍又延期一日，我感謝驢童及時的死亡，使我多獲一日的光陰。在這短短的時間中，我已能利用它來休息或感恩。深深悲慟的男孩雙親衝進了我的廄房。她尖嘶高叫地喊著兒子的不幸，用雙手拉扯白髮和木灰一起灑散。她又重搥著胸膛，悲傷的吼：「看牠！看牠這沒有心肝的畜牲，貪食蟲，頭還塞在食槽裏！難道牠應該一直塞著肚子而不想想牠牧者的可悲命運嗎？牠對我這麼一個老婦人全不理會。牠甚至以爲牠不會受懲處，人家全白白地放過牠。罪犯都是這樣，即使他良心深深地自責，他仍是毫不動容。現在奉神之名，你這個可惡的四腳畜牲——如果你會講話，你以爲你可以欺騙最傻的人說，你和我寶貝的慘死沒有關係嗎？你應當用牙齒四蹄替他作戰，你曾經用它們攻擊他，爲什麼不用來保衛他呢？你應當把他馱在背上逃脫强盜的血手。你不該罪惡地摔下你的騎者——你的牧者，你的引導，你的朋友和飼你的好主子。你難道不知道在危險中遺棄任何人都是違反道德而且應受重刑？好，你這兇手，你不能再在這裏望著我的悲傷。我要讓你知道一個悲傷的人的力量。」她解下圍裙用繩索把我的腿兩兩綁在一起，緊得使我不能反抗。然後，她拿起用了門廄門的大木棒，重重地打我，直到她累得木棒掉下去爲止。她又抱怨說她還沒替兒子報復便疲倦了，於是到屋裏去自灶裏拿出一支燃燒的木薪插進我大腿中。我沒有辦法，只好使出第一次意圖脫逃的辦法：擠出一團尿射到她面上，使她又盲又臭地跑走。如果不是這樣，我完了。

將近雞鳴時，我女主人、以前的難友查麗泰女士的家奴帶來一項消息，說她和她丈夫特勒波利默斯均已逝去。他在火爐邊宣佈這件可怕的意外。「男僕、牧人和馬夫們，」他說，「我們可憐的女主人查麗泰已死於可怖的情況中。不過她到陰世去並非沒有陪伴的人。讓我從頭把這事告訴你們；這件事應當由比我更聰明的人記錄下來，最好是由位口才卓越文筆流暢的歷史家。」

下面是他的話：

「我們鄰鎮住著個有錢的騎士，他名叫塞拉賽魯，這是個紈袴子弟，他老是在酒家妓院中過日子；也許你們聽說過這個人。他和一羣强盜有關，有時參加他們作惡兇殺的勾當。是，他便是這麼個人，大家都知道。當我們女主人長大可以論婚嫁的時候，塞拉賽魯也是她最熱烈的追求者，心中決定要獲得她。雖然他比其他對手門第較高，而且時常贈送貴重的禮物給她父母，可是由於名聲欠佳終被拒絕。你們曉得，查麗泰小姐嫁給了特勒波利默斯，這是個很好的青年；可是塞拉賽魯因被拒而生怒，且比以往更傾心查麗泰，他拒絕放棄贏得她芳心的所有希望，等待機會從事一樁血淋淋的兇案。不久，他實行計畫的機會來臨了。當那天特勒波利默斯以自己的勇敢與機智援救查麗泰女主人出盜窟時，塞拉賽魯代表人羣向他們道賀。他說他來表達鎮民們對這對青年夫婦團圓的快慰，並祝他們多子多孫。我主人和女主人請他入屋依他的地位對他加以款待；他的惡計乃是裝作忠實的朋友，藉機時常來訪。他常被請來晚餐，結果更加熱愛我們可憐的女主人了。這沒有什麼可奇怪的，因爲愛火起初總是較小而發出愉快的光；等所愛者吹過微風後，火勢便熊熊而起終於引起火災。塞拉賽魯花很多時間想和女主人開始秘密的戀愛。他發現太多人的眼睛在注視他的邪行，即使他能勸她給他他所要的。她不會欺騙丈夫，這使特勒波利默斯和她更加相愛不渝。他一無所成。但是他渴望佔有她，不願把此事視同無望，雖然其中障礙重重。你們知道一個人陷入愛河時起初覺得事事困難，然而一時過後便很容易了。這是一則至有教訓意義的故事，講一個被激情所驅的男人。

「有一天，特勒波利默斯和塞拉賽魯一同出去狩獵野獸——如果你可以把野獸稱爲野獸的話——因爲查麗泰小姐禁止他行狩有角和長牙的東西。叢林的山邊佈起網羅，由純種獵犬去趕下獵物。人人可能看出這是一羣受過良好訓練的狗羣，牠們立刻散開，任何東西也跑不過牠們眼睛。牠們默默地嗅了一會氣味，然後發出興奮的聲音使樹林震顫。牠們找到的不是小兔，也不是馴鹿、紅狐或梅花鹿——而是一隻碩大無朋的野豬，褐色，厚皮，毛如刺蝟，眼光惡毒的畜牲。牠像閃電般衝出來，口吐白沫，獠牙外暴，第一隻獵犬想去咬牠，可是立刻被頂開；牠一衝便掙出獸網跑了。

「我們這些獵人沒見過這種危險運動，既無武器又無其他防身設備，我們恐慌地躲在叢樹中或大樹後。現在正是塞拉賽魯下手其奸計的良機。他對特勒波利默斯說：『我們爲什麼站在這裏看牠跑掉？真的只是驚奇嗎？或者我們和那些可憐的奴隸一樣躲起來像太老婆般的發抖？何不上馬去追趕牠？你拿把鏢槍，我拿支豬矛。』

「他們立刻騎馬追逐，但是野豬知道自己是他們兩人的對手。牠急轉身瞪著他們，一副可怕兇猛的樣子。特勒波利默斯先投出鏢槍，正好插在豬背上，可是塞拉賽魯卻利用這機會策馬執矛向特勒波利默斯的坐騎刺去。馬摔在自己的血泊中滾翻摔下特勒波利默斯。野豬立刻衝過來，特勒波利默斯想站起來，可是衣服被撕破，身上受了許多傷，塞拉賽魯——多麼奸惡；——他不但不爲方才的惡行稍感歉咎，更跑到還呼吸的特勒波利默斯身邊用矛向他刺去。他瞄準他的右腿，那樣傷痕不會被人認出，它和牙傷差不多，然後他才從容地殺死野豬。

「過後，塞拉賽魯把我們自隱匿處喚出來，我們發現主人已斷了氣。塞拉賽魯對於他所殺死的人頗爲得意；但是他假裝和我們一樣——我們深深而真摯地悲慟哀傷。他抱著屍體親吻像是悲哀至極，只是他擠不出一滴眼淚。

「特勒波利默斯的死訊迅速傳開，首先到他家裏。查麗泰小姐一聽見——她已不會再聽見壞消息了，可憐的女人——便瘋狂了。她跑過人羣擁擠的街道，跨過田野，像個狂飲者一樣高呼著她丈夫的名字。她所遇見的人都轉身同情哭泣地跟著她走，不久全鎮的人都跟她走到兇殺的地方。她一到那裏便哭倒在她丈夫身上，想把自己的生命灌入他體內。結果她的朋友强把她拉走，使她一息猶存。

「屍體被遷入墓，全鎮的人都來送葬。塞拉賽魯也在場，他高哭大吼捶胸，你們看，他第一次假裝時無法流出的眼淚現在也因喜悅而擠了下來。他哀憐特勒波利默斯的言詞中顯現出他真正的感情。如，「我的朋友，我親愛的老遊伴，我的伙伴，我的兄弟……呀，我可憐的兄弟特勒波利默斯。』他不斷拉住查麗泰小姐的手以免她打自己的胸膛，而且以感人的同情之詞，引用歷史上命運無常的例子來消滅她的悲哀。然而這不過是爲了想把他兇殺的手放在女主人身上以逞其獸慾。

「葬禮一完，她便想追隨特勒波利默斯於地下。她不問手段只求達到目的，所以她選上最簡單也最溫和而近乎睡眠的方法；那便是絕食，不顧自己，躲在黑房中永遠離開白晝日光。塞拉賽魯不希望她這樣做，自己敦勸她，請她的朋友僕人甚至於她的父母去勸說，請她復原她可憐的身體，至少洗個澡進點食物。如果不是她對父母的孝心，她也會拒絕。雖然她比較冷靜些了，可是仍然十分憂傷，似乎她每日都遭受著內心的折磨。日日夜夜，思念特勒波利默斯之情咬嚙她的心；她訂製了戴奥酒西斯①的雕像，形容與他完全相像，而且供之若神明，使宗教的慰安也成了她的悲哀。

「急躁的塞拉賽魯，忠於他的名字——它代表『粗暴』——無法等待她瘋狂的悲傷消退、她的淚水停流。她仍在撕衣服拉頭髮的階段，他便向她提起婚事；他下流的急迫差不多暴露出他無法言傳的惡行。查麗泰小姐對他的求婚至覺驚恐，就像被雷電閃擊或惡星所射一樣昏

① 希臘神話中司蔬菜與酒之神。

了過去。她醒來時記起方才發生的事，尖叫起來；但是她在未仔細考慮之前，拒絕給這惡人任何答覆。這時被殺者的鬼魂訪臨她獨睡的床，讓她看那被謀殺了的可怕的臉孔。它說：『我的親妻子——以後永不會有人這樣稱你，除非聯結我們的神聖關係因我可怕之死而損害，我的形象在你心目中漸漸消去——如果這樣的話，那麼再婚，任意選你的丈夫幸福過日子，只是不能選那奸賊塞拉賽魯。別理他，別和他同桌，甚至別和他談話，更別提和他共床了。他手上染著我的血，他自稱爲好朋友的血。你眼淚所洗滌的那些傷口並不全是由於野豬獠牙，最深最致命的乃是出自塞拉賽魯的長矛！』鬼魂又把事情詳細解釋給她聽。當她入睡時，眼淚已沿著她美麗的臉頰濕透了枕頭，現在惡夢使她驚醒，她又放聲悲哭，撕破睡衣，用指尖把皮膚捏出血來。

「她對顯靈的事一字不提，假裝對謀殺的事毫無所知。她已決定在解脫生命的沉重負擔之前懲處可惡的塞拉賽魯。他又來再提求婚之意，雖然她對他毫不在意，不過她是個好演員，隨他一而再再而三的糾纏下去，最後，她溫柔地請他別再說下去。『請請，塞拉賽魯！』她說，『你一定還記得我丈夫的容顏，他像是你的手足；我心中還看得見他的影子，我似乎聞到他身上的香味，他活在我的心中。你最好給我平息因他死亡所受震恐的時間，等今年剩下的歲月過去後再對我說話。你知道，如果我們太快結婚，會損害我的名譽，對你也一樣危險；我丈夫的鬼魂一定會生氣而致你死命。』

「她答應等守喪的期間過後再嫁給他；然而這仍不能抑壓他的貪慾與不耐。他提出下賤的要求，說不願再被拒絕。最後她假裝讓步，說：『好吧，不過有件事我必須堅持：如果我們在結婚之前要睡在一起，則決不能讓家裏的任何人知道。』

「她完全欺騙了他。他立刻贊成秘密幽會，但是他說簡直等不及天黑，世界上再沒有比佔有她更重要的事。

「『聽著，』她說，『你必須在半夜獨自到我房裏來，你要遮起你的面孔。在沒到我門口之前，千萬不可弄出聲音來。你低低地吹聲口哨，然後在門口等著。我的老保姆坐在裏面會讓你進來。她會在黑暗中帶你到我房裏來。』

「這天似乎長無際涯，塞拉賽魯心中又急又喜。最後太陽下山了，他便照她的指示摸索到她臥房去。『噓，』老婦人說，她奉承阿諛地對待他。『噓！我的主人！』她暗暗拿出一杯裏面滲有安眠藥的美酒。『大人必須稍爲等待，』她說，『我的女主人被她父親請去，他生病了。她不會讓你久等。請喝下，準備等她來。』他毫不懷疑地喝了一杯又一杯，不久就沉沉入睡了。

「當他無助地睡下時，老婦便去找查麗泰小姐，她迅速地踏著堅決的步伐，彎身望著他，憤怒地發著抖。『看他，』她說，『看這個人，我丈夫的忠實伙伴，他以爲我會嫁給他，看他的手，上面染有我的血；看他的胸中，裏面是許多令我毀滅的奸謀；看他的眼睛，不幸我還要取悅於他。當他說他等不及天黑時，他似乎對命運的安排已有預感。好好地睡吧，兇手，無懼地睡吧！我沒有鏢鎗長矛：你以爲我會讓你像我丈夫那樣光榮地死去嗎？不，你的眼睛將在活的頭中死去，除了在夢中，你再也見不到我了。哦，我要讓你羨慕特勒波利默斯的死！你再也看不見太陽，你去任何地方都需要別人的手引導你。你再也無法用手擁我，或實現你所說的婚事。你不能承受死之寧靜與生之樂趣，像是個人間陰世中的無主鬼魂。你會尋找使你盲目的手，但是你永遠也不會知道——這是令人最爲難忍的事——該控告誰。現在我要用喝你眼中流出來的血來祭祀我死去的丈夫。這個報復才會使他滿足。』

「過了一會，她又說：『我爲什麼要遲延？爲什麼要讓你享受痛苦之前的短暫安寧？也許你在夢著和我共床？這是危險的；我的名字是毒藥。來，你該醒來，自睡覺的黑暗走回更壞的黑暗；擧起你盲目的臉看我的報復，體認你的不幸，了解這是完全的報應。

「我是羞怯的新娘，不是嗎？你的眼睛使我迷醉，啊？婚禮的火焰多麼美麗，憤怒的女神是你的女儐相；你的男伴是你不安良心的黑暗盲目之魂。

「獨白之後，她從頭髮上抽下一支銅針不斷地插到塞拉賽魯的眼睛。然後，留下他自己於痛苦與盲目中醒來，她擧起特勒波利默斯的劍，瘋狂似地經過街道衝向他的墳墓。我們奴隸都跟在她後面，叫她停步，因爲我們知道她打算作絕望之擧。我們互相叫喊：『她瘋了，她瘋了！看在神份上，除下她的武器！』一大堆鎮民起床奔出來。但是她站在她丈夫墳邊用出鞘的劍不讓我們上前。

「我們大家在悲泣哀歌，但是她責備我們。『現在不是哀歎流淚的時候。爲什麼要悲哀我的偉大擧動呢？我剛剛爲我丈夫的死復仇；我懲罰了破壞我們婚姻的人，使他罪有應得，我現在必須用這把劍回歸我親愛的特勒波利默斯的身邊。』

「她把丈夫顯靈的事告訴我們，以及她如何欺騙塞拉賽魯；然後將劍插入右胸下。她噴血倒地，又吐出幾個字，便如她生時一樣高尚地死去。她的親屬立刻抬起屍首，小心地洗理後埋在她所愛的特勒波利默斯身邊；使他們兩人永遠廝守。

「當塞拉賽魯聞知她的死訊後，他想不出任何自殺的辦法與他造成的災禍相襯；他罪惡的心對他自己說，用劍了結生命是太乾淨的方法。於是他叫人把他引到墳邊，他站在那裏不斷地哭叫：『我在這裏，被我寃殺的鬼魂！我來了，等待你們的報仇。』

「於是，他餓死在那裏。」

第十二章　閹教士

衆人聽著主人與女主人悲劇的故事時，不斷哀嘆、流淚，但是這大部分是自憐的表現：他們怕產業易主對他們不利。他們全決定逃走。接受對我細心看顧命令而實際上慘酷有加的管事，把房屋中所有値錢的東西搜刮一空後，立刻將贓物裝在我和其他獸匹上。女人、孩子、公雞、母雞、鵝、小貓小狗——總之，所有跟不上隊伍步伐的活口——全馱在我們身上。雖然負載十分沉重，不過我並不在意，因爲我終於可以逃過去勢刀的閹割了。

我們走過多林的山崗以及山那邊的平原，黃昏暗影加深時，我們到了一個繁榮的鎮市。當局不許我們夜宿，甚至於翌晨，繼續上路，因爲本區出没許多大狼，牠們騷擾行人過客，侵襲農村，對於有武器的居民和無抵抗的羊羣一樣不加理會。人家警告我們說我們打算前進的路上全是吃了一半的屍體與嶙峋的白骨，要我們謹愼從事，僅在白日高照下旅行——太陽越高狼性越溫和——而且必須結伴而行。

可是他們急於摔脫後面可能的追兵，不顧別人的警告，還没有天亮便爲我們裝上貨趕路。我深知危險而且不願葬身狼腹，故意走在同伴的中間。人人奇怪我會走得比一些馬還要快，不知道這是由於恐懼之心而非天生善跑。我認爲著名的翼馬①也必定有同樣的經驗：他

① 文藝女神繆斯的座騎。

們之所以被稱為「長翅之馬」，無疑是因為害怕脾氣暴躁的劍鯊咬啃的關係。

我們的人用鏢鎗，叉矛和木棒武裝起來像準備赴戰似的。有人自粗糙的地上撿起石頭，有幾個帶著尖棍，大多數人都手執火把想把狼嚇走。再加上喇叭聲，我們便成了衝鋒陷陣的軍隊了。不知是由於人多勢衆，還是因為火炬的關係，我們走了很遠還沒碰到一隻狼，顯然牠們早已跑到別區去了。於是我們通過了這段危險的路程——雖然實際上平安無事，可是大家全捏了把冷汗。但我們到達一個小村時，居民顯然把我們誤為強盜。他們已有警惕，立刻放出一些異常兇猛的警犬，比野豬和熊更狠，朝我們大吼大叫。

猛犬自各方面向我們攻擊，惡毒地咬著我們而且把幾條畜牲和人拉倒在地。這真是恐怖而可憐的場面：牠們設法穿過我們之間，亂竄亂咬，圍攻著不知所措的獸羣，咬嚙著站立的人，爬上倒地者身上。

接著還有更可怕的事。村民們有的騎在馬背上，有的站在附近山崗上向我們投石。一塊石頭打中騎在我背上的女人，她大聲叫喊她的丈夫。他跑過去替她拭擦傷口的血，對著那些房子大叫：「看上天份上，你們到底是在做什麼？為什麼攻擊些可憐辛苦而沒有觸犯你們的旅客？你們到底是那一種人？你們不會是住在洞窟裏的野獸蠻子吧！否則為什麼要我們流出無辜的血？你把我們當作強盜嗎？」

石頭雨立刻停了，猛犬被召回，一個站在樹頂上的村民叫：「好。我們也不是強盜，我們不要你們的東西。我們只怕你們來攻擊村莊，如此而已。走吧，祝你們幸運！戰爭結束了。」

於是隊伍又往前走，我們有些被咬，有些被石頭擲中，所有人都多少受了傷。到了森林中的一處空曠草地時，管事叫大家停下休息。人們全就地臥倒下去一動不動地躺著，直到他們覺得精神已稍恢復。然後他們各自開始裹傷，在林間的溪中洗去污血，敷上膏藥，再用布包紮上；破傷則用水拭擦。

山崗上出現了一個身旁圍著羊羣的老人。我們中間一個人向他打招呼，問他是否有羊奶或乳酪出賣。他搖了兩三下頭才答：「你們怎麼會想起飲食這種事？你們可知道你們是在什麼地方紮營？」他轉過身趕羊走了。

他的問題和突然離去的那副樣子，使大家驚恐起來。他們全在猜想這裏到底有什麼不對。沒有一個人能令大家寬心，後來又來了一個高大彎腰的老人，他拉著一根手杖拖著腳步而來。當他到了我們駐足的草地時，他跪在地上，眼淚如麻，一一抱著我們哭道：「我向你們哀告，幸運的先生們，幫助一個可憐的老人，希望你們能活到我的年紀；而我失去了人生的唯一慰藉：請自死吻中救出我的孩子。他是那麼一個可愛的男孩。我們一起在路上行走，他聽見了麻雀在山崗啾啾的聲音，便想去捕捉它，不幸卻落在被樹叢所遮蓋的深坑中。由他的叫聲我知道他還活著，但是你們看我又老又弱沒有氣力把他拉起來。你們强壯的青年先生可以輕而易舉地幫助我。同情一個不幸而可憐的老人！這孩子是我唯一的後裔。」

他扯著白髮，人們自然被他所感動。一個牛仔——全隊中最年輕、最强壯的一個——他是我們在前面的戰鬥中唯一未受傷的人——便跳出來問那孩子在什麼地方。老人指著不遠處的一堆矮樹叢，焦急地在前面領路。

當我們獸羣在吃草，裏好傷的人們已經開始準備上路時，忽然聽見方才那個牧人的大叫聲，他已經去了非常久的時間，他的一個朋友則去叫他回來上路，但不久他又回來了，全身發抖，面容蒼白，講出嚇人的事：他發現那個青年牛仔的屍首仰躺在地上，身上纏著一隻巨大的蟒蛇。不幸的老人已經失了蹤影。

現在大家才懂得剛剛那個牧羊老者的話意：他已警告過出沒在曠地上的可怕怪物。我們的人這才趕快用杖棒驅策著獸羣匆匆走出此地。我們以加倍速度走了下一程路。

我們在一個林莊中過夜，那裏的人對我們講了個可怕的故事，我實在不願將之收進本書，因爲它述及我們所住的農村中一項殘酷的遺跡。

前農村管事，他娶了一個同事的女奴，又愛上了個自由婦人，她不是他主人家的人，而使她成爲他情婦。當他妻子聞悉之後，大爲憤怒，便燒了他的賬簿和倉房中的一切東西。這樣她仍不滿足，又用一根繩子，一頭套在自己頸上，一頭套住小孩子的頸子，她並沒有上吊，而是跳下井，也把孩子拉了下來。她的死使村主大爲震怒，抓起不忠惹禍的管事，令人將他剝光衣服，用蜂蜜塗上綑縛在無花果樹上，它的樹心裏長滿許多螞蟻。螞蟻一聞到蜂蜜的氣味，全爬到他身上來，無數的螞蟻慢慢地把他的肉與五臟吃得一乾二淨。他活著受了許久的罪，結果他只剩下被吃得精光的骨架；我們現在還看見它乾白地綁在無花果樹上。

人們把故事告訴我們時還爲管事的事感到難過，我也高興於早日離開那不祥的地方。我們在平野上跋涉終日，當夜抵達了一個美好漂亮的鎮市，這些疲憊的人決定在此安居成家。這是個適於逃亡者的好地方，而且這裏食物充足。管事準備讓我們這些走獸休息三天以恢復體力後，再把我們出售。

拍賣人高著嗓子叫出我們的價格，所有的馬和另一隻驢即刻找到了外表殷富的買主，而我卻被人鄙視地看著。人們對我的態度以及檢查我的牙齒使我心中至爲憤怒。有個人不斷用他骯髒可恨的手指按著我的牙床，直到我咬下牙齒，差點把他的手咬成兩段。這更使人不敢出價。他們把我看作一頭賤貨，於是拍賣人用高得幾乎使他暗啞的嗓子大叫，向我開著所有愚蠢的玩笑。「看這頭畜牲，先生們！」他叫，「爲什麼要你們爲這顏色骯髒的老東西、保證懶惰可惡、皮像粗篩的東西出價？何不作爲送給不怕浪費糧秣的人當禮物？」觀衆們哄然大笑。

無情的命運，我既無法擺脫她也無法與她和解，不管我受了多少痛苦，現在又眷顧於我，而替我找了一個她確信可以延長我痛苦的買主。他是個老閹人，已快禿頂，幾個剩下來的灰鬈鬈成圈圈懸在額上；一個可以使敍利亞偉大女神變爲乞婦的廢物，他會把她沿途逐鎮叫賣，而且伴上鈴鐺鏘鏘。這個可厭的人想來買我，問叫賣人關於我的歷史。拍賣人開玩笑地說：「我們從加帕杜西省的奴隸市場買來的；牠是個好傢伙，不是嗎？」

「牠的年齡？」

「五歲，是根據替他算命的星相家推斷的；不過牠在官廳登記所中可能有更詳細的資料，只要你願意去調查。不，先生，如果是冒險觸犯法律而將羅馬公民當作奴隸賣給你，我情願不與他離開。你會發現他是個辛勤的工人，在路上在床上同樣有用。何不出個價錢？」

對方提了一連串問題，最後才講出最重要的一個：我在被騎的時候或被趕的時候安靜嗎？

「安靜，啊？」拍賣人說：「這不是一頭驢，它是隻懸鈴的羊，溫馴得隨你把牠怎樣都行。絕不像你那些又咬又叫的畜牲，牠簡直會使你發誓說牠是個披上驢皮的高貴忠實的人。要證明這點非常容易。抓起牠的尾巴，把你的鼻頭塞進去看牠會怎麼樣。」

老流氓看衆人都在嘲笑他，便發起脾氣來。「你這該死的！」他喊，「你這瘋子拍賣人，你這個沒有理性的臭肉堆！希望全能造物的天后，和受祝福的莎白尤絲·柏冷娜①，還有艾黛安母親以及維納斯——加上所有女神——把你的眼睛敲出來！那會教訓你對我的玩笑。你以爲我可以信任地把我的女神安放在任何不穩的畜牲身上？如果他把她掀倒地上怎麼辦？我必須讓我的頭髮隨風飄起四處找醫生爲她療傷。」

我突然衝動地想跳起來裝出瘋狂的樣子，使他不敢買下我來；但是他已經出了十七個銀幣的價錢，並且立刻把錢數給他。管事因爲可以把我脫手十分開心，而我卻惶恐不安。他收起錢，把我交給了新主人，便急忙離去了。

閹教士的名字叫菲勒布，他把我帶到他的住屋去。到了門口時，他大叫：「看，姑娘們，看！我爲你們買來一個可愛的新男僕！」所謂姑娘們只不過是一羣去勢的年青教士；他們發出假笑與尖叫，以爲菲勒布的話是真的，那麼他們可大加享受一番。但是等他們發現我是頭驢子而不是男人，都感到十分驚奇，他們失望地開著下流譏諷的玩笑：「給我們男僕？不，親愛的菲勒布。你講的是給你自己一個丈夫！不過你得讓我們也分一杯羹，因爲我們是你可愛的小鴿子，不是嗎？答應我們！」於是他們把我牽走拴在廄房中。

這個奇怪的家庭中只有一個真正的男子，一個高大的奴隸，這是他們用行乞的錢買來的。當他們帶著女神出去遊行時，他走在前面吹號角——他吹得很好。在家中，他們叫他做一切工作，特別是在床上。他看見我來了，高興地給我堆上許多糧秣。他快樂地喊：「謝上

①戰爭之女神，馬爾斯之姊妹

天，你終於來幫助我做那些可怕的工作了，萬歲，朋友！但願你能使你的主人滿意，給我個恢復身體的機會！我精疲力竭了！」

他的話又使我憂心忡忡。

第二天早上，閹教士們準備去巡迴，他們穿上五顏六色的衣服使他們顯得更可厭，他們臉上擦著胭脂，眼窩塗著使眼睛發亮的顏色。他們戴著圓錐形的小帽、大紅背心、白綢法衣、腰帶和黃鞋。有些穿著上面有十字紫條的白運動緊身衣。他們在女神身上披覆綢蓋放在我背上，當號角吹響時，他們揮動劍盾，像瘋子一樣肩臂赤裸地向前跳躍。

經過幾間小茅屋後，我們到了一幢大房屋，他們在開口大叫一聲後，便瘋狂地跳起舞來。他們向前低頭，頭髮垂在面上，然後圍著一個圈子迅速地轉動。常常到了高潮時，他們用鋒利的佩刀野蠻地割著自己的臂。其中有一個比其他人更加狂熱。他從肺中發出沉重的嘆息，好像是充滿了女神的神靈，他假裝身無寸縷的樣子。（這種降神不但對人沒有好處，只會使人的神經更衰弱；如果你繼續看下去便會知道命運之神會如何處分這些騙子。）他又開始作段假的懺悔，用種先知的口吻說他有些事違反了宗教的神聖教規。然後他自己的手對自己懲罰，抓了一支這些「半男人」隨身的鞭子，這種鞭子把羊骨拴在許多羊毛索上，狠狠地鞭打自己。刀傷及羊骨鞭造成的傷口上流了血在地上，但是他以無比的勇敢承受著。這種情景令我不安。也許這個敍利亞女神渴望驢血像有人可能想要驢奶一樣。

最後他們疲倦了，也許他們認為今天已經足夠，便停止了。圍著看熱鬧的人紛紛自長袍中取錢丟去，不但有銅板，還有銀幣。他們也給了他們一桶酒、乳酪、羊奶、麥子和麵粉，還有送給女神坐騎的一些石鹽。這些東西全塞進口袋，回去時我的負載加倍；我立刻變成一座走路的宮殿和走路的伙房。

我們在整區中工作。直到有一天，我們在一個大鎮上有次特別豐盛的收穫後，我的主人（或女主人）決定好好的享受一番。首先他們在農人處弄來一頭肥山羊，他們對他說了些預言鬼話，讓牠來向女神犧牲。他們又弄了所有盛宴的必需品，到公共浴室洗個澡，帶了個不難看的青年工人回來。

他們全坐在餐桌邊，第一道菜才吃了幾口，教士們便跳將起來，擠到客人的躺椅邊，把他推倒，拉下他的衣服，作出使我難以容忍的下流舉動。我想叫：「救命！救命！强姦！强姦！抓住這些男娼！」但是喊出來的聲音只是口齒不清的「男娼！男娼！」

時間十分湊巧，因爲有羣青年正在找一條昨夜丢失的驢子，他們沿街沿店在尋覓。其中剛好有一個聽見我的嘶叫，以爲我正是那隻遺失的驢子，被藏在屋裏，就突然衝進來中止了鬧劇。他們喚起左鄰右舍，把可卑的發現告訴衆人，並且嘲諷地盛讚這些教士的貞潔。這件消息立刻傳了出去，人人都感到憤怒；我的主人六神無主地捲起行李離鎮而去。

天亮之前我們趕了許多路，太陽上山時，我們發現置身於荒野，教士們急急商議決定無情地對付我。他們自我背上取下神像和所有裝備，把我綁在樹上，用羊骨鞭不斷地毆打，直到我差點死了過去。其中有一個想用斧頭劈了我，以報復我使他們醜聞外洩的仇恨；但是其他人制止了他，並不是他們同情我，而是由於如果殺了我，那裏再去找頭坐騎馱負女神？於是他們又替我裝上負載趕我上路，一路用劍身打我，直到抵達下一大鎮市爲止。有位非常虔誠的公民聽見我們金鼓齊鳴的聲音，便出來迎接我們，他把女神接到他大廈中去。我們一同隨之進去。他以最週到的禮貌與最好的犧牲來敬拜她，以冀求獲得她的恩典。但是我在此地作了最危險的一次死裏逃生。

事情是這樣的：我們東家的鄰居，殺了一頭大閹牛送了塊肉來，廚師赫發山隨便把它掛在廚房門上相當低的地方。一條無家的狗把它拉下咬跑了。赫發山發現失物之後，因爲完全是自己不好，便傷心地哭了起來。似乎他無法可想，而當主人吩咐上餐時會怎麼樣，簡直不敢想像。他萬般恐懼之下便把小兒子叫來，吻他、向他道別，然後拿起一段繩子企圖上吊。他的妻子十分愛他，及時聽見了這可怕的消息。她自他手中搶過繩子，問他：「你瞎了嗎？我親愛的赫發山？難道這件事情把你弄糊塗，使你看不見命運之神爲你開了逃亡之門嗎？如果你發現了那麼可怕的事之後還留有點神志的話，那麼請用來聽我說話！你知道教士今天帶來的那條驢嗎？把它牽到隱秘的地方割了牠的喉管。切下一片後腿肉，正像你失去的那塊，把牠燉爛，加上最好的醬油調味，把牠當作牛肉送到主人的餐桌上去。」

這個廚師看見了一個犧牲我來拯救他生命的機會，大喜過望，稱他妻子爲全世界最聰明的人，於是開始磨屠刀。

時間飛逝。我不能坐以待斃，便設法自救。我決定自刀下立刻逃生。我掙斷韁繩以我的四腿最快的速度逃奔。我跑過第一個走廊，毫不遲疑地衝進餐廳，屋主和教士們正在那裏舉行祭祀宴會。我撞翻並踩壞了許多餐具桌椅。主人對我突然的闖入與造成的許多損害至感困惑。「把這壞東西牽走，」他對奴隸說。「把牠放在安全的地方使牠不會打擾我和客人們的安靜。」我用自己的智慧拯救了我自己於刀下。我很高興地被關在小屋之中。

可是不管一個人多麼聰明，也無法預測命運之神的安排：他永遠無法消除或減輕爲他所加諸的前程。我的計謀似乎免我於速死，但是又使我陷入另一項幾乎令我喪生的危險。如我事後知道者，一個家奴驚狂地跑進餐廳，報告說有一條瘋狗從後門進入院子。牠先向狗羣攻擊，然後衝進廄欄向馬羣洩怒，最後則向奴僕攻擊。牠咬了騾夫馬蒂拉、廚夫赫發山、屠夫海巴達、醫生阿波羅紐斯和一些想趕牠出去的人。一些被咬了的野獸已經顯出瘋狂的跡象。

消息傳來使衆人不安，並且開始猜測我方才的瘋狂行徑是否是被傳染，我的主人立刻抓起武器，焦急地對別人懇求：「殺死牠，爲了大家，殺死牠！」實際上瘋狂的是他們而不是我。如果不是我聽見風聲，自危險的暴風雨中逃逸，我已經被他們用奴隸送上的鎗矛刺死。我自禁閉的小室中逃出又衝向我主人的臥室。他們不敢來追趕我，於是在身後緊閂起門戶，整夜派人看守。希望等到天亮時發現我自己可怕地死去而不用和我戰鬥。好，我關在房中，而那裏只有一個人。我完全利用這命運給我的可喜機會；我躺在床上享受喪失已久的樂趣，像人一樣好好地睡了一覺。

我醒來時天已大亮。我跳起來聽見主人們正在門外討論。有個人說：「可是，親愛的，可憐的畜牲不會還瘋著吧？我相信疾病一定已經離它而去了。」

「可是，哦，親愛的，我可不能同意你的話。」

他們決定在門縫中偷看我。他們看見我安詳如昔地站著。他們鼓起勇氣打開門戶仔細審看我。其中一個是天使派來的救星，建議用簡單的方法來試探我，便拿了一盆清水放在我面前。如果我毫不遲疑地喝下去，便是我完全健康的明證。如果我恐懼地後退，那表示我仍然瘋狂。他說，標準醫書上明載這種試驗，他也常常看人實施過。

他們全贊成了，立刻給我一大盆清水放在面前，他們手中還緊握著武器。我十分口渴，便走向前去用大嘴把它喝得一乾二淨，感到非常甜美。我靜靜站定讓他們來撫摸我的耳朵，牽我到馬廄去。他們知道這是他們的錯誤；我是一頭溫文爾雅的好野獸。

次日危險已過，我又馱上女神在鏘鈸聲中繼續乞討。我們走過一些小村莊和哨站到了一個據村民說是著名古城廢墟的村莊。我們住在第一個旅舍，在那裏聽見了一個好故事，說一個村民、一個可憐人被妻子所欺騙，我希望你們也一起聽聽。

唔——

這個人靠做短工為生，他妻子沒有財產，但是以其性慾嗜好而著名。有天清早，當他一出去工作，他妻子一個無恥的情人便溜進屋和她攜手登床。當他們正在努力工作時，這位短工突然回來了。他發現門戶緊閉著，便讚許地點點頭——她妻子如此小心，必定十分貞潔。於是他在窗下吹口哨，像往常回家時一樣。他妻子是個富於心機的女人，立刻自緊擁的情人懷中掙出，教他躲在屋角的一隻大桶中。桶中空無一物，可是又髒又臭。然後她打開門斥罵：「你這懶東西，又袖著雙手、口袋空空地盪回來了！你什麼時候才肯去工作謀生把食物帶回家？我怎麼辦呢，啊？我每天從早到晚坐在紡車前，指頭都磨破了，可是所賺的還不夠燈油。多麼悲慘的洞穴啊！我但願能像我朋友達芬一樣，她整天吃喝玩樂，要多少情人便有多少。」

「嗨，怎麼回事啦，」短工喊道，他的心情受到損傷。「如果工頭今日要去打官司，把我們辭退一天，難道是我的錯嗎？我豈不也一樣地關心我的飯食：你看見那個沒有用的舊桶嗎？我剛剛賣給人，價錢是五個銀幣。他立刻便帶錢來取貨，幫幫忙好嗎？我想把它搬出去。」

她一點也不驚慌，心中立刻思量一個不會使他懷疑的計劃。她大笑道：「我這個丈夫多妙！真的！他有個多麼會做生意的鼻子！他出去把我們的桶賣了五個銀幣。我只是個女人，可是我已經賣了七個銀幣，而且無需搬出門外。」

他高興了起來。「世上有什麼人會給你那麼好的價錢？」

「噓，你這白痴，」她說，「他正在桶裏，看看它還是不是結實。」

情人立刻了解她的暗示。他跳起來說：「我對你說，太太，你的桶非常舊了，似乎有十幾處裂縫。」他又對短工說：「我不知你是什麼人，矮子，但是我應有支蠟燭。我必須詳細檢查內部，看它是不是我所需要的東西。我不能浪費我的錢，這年頭蘋果樹上不會結出金錢，是吧？」

於是頭腦簡單的短工趕忙點起蠟燭說：「不，不，朋友，不要勞動你了。你站在旁邊，我先把桶清刷一下。」

他脫下衣服拿起蠟燭，舉起大桶，倒了過來，自己鑽進去忙碌地工作起來。熱情的情夫立刻抱起短工的妻子，把她放在朝天的桶底上，在她丈夫頭上學起他的樣子。她這種婊子十分喜歡這種姿勢。她的頭懸在桶邊，一面用她的手指在許多地方指點道：「這裏，親愛的，這裏……現在，那裏……」直到兩件工作都使她心滿意足爲止。短工收了七個銀幣，但是必須把大桶背到情夫的屋裏去。

我的主人們在此地住了幾天，衆人都對他們十分和氣。他們又靠了占卜之術賺了一大筆錢。他們替女神製造了許多模稜兩可的卜言，它可以欺騙所有來求神的人們。

它說：

套上牛軛，耕耘大地；
田畝上長出金黃禾實。

假如有人來問女神他是否應該結婚。答案至爲明顯：他應當負起婚姻之軛，養育許多子女。又如果他想知道應否買塊土地：牛軛與收成正對下懷。如果是爲生意出門：牛是最勤勞的家獸，應當套上軛，豐收地回程。又假若士兵被送到前線，或一個保安官奉令出發捕盜：神諭是指他將在强盜頸上套枷鎖，而有豐富的戰利品收穫。

他們以這種不誠實的命相法，賺了一筆財產；有日，他們對於以唯一的答案回告所有詢問而感到厭倦後，在深夜中出發了。這個旅途比以前管事帶我走的還要糟；地上全是坑洞水窪，上面還舖著濃濁而滑人的泥漿。當我終於走到鄉道上的一片乾地時，我的腿因不斷的滑蹄而疲倦萬分。突然有一羣執著武器的騎士向我們疾衝過來。他們困難地勒住馬，抓住菲勒布和其他人的頸子，用拳頭揍他們。「來吧，來，來，」他們叫，「你們這些褻神的惡棍！」於是他們把教士們的手銬起來，問：「你們膽敢藉在朱諾神廟中舉行祭祀的名義，偷了寺中的金杯。你們把它放在那裏？你們希望逃出懲罰，在天未亮前偷偷溜出鎭去？」

立刻一個騎士向我走來，把手伸進女神的長袍口袋掏出失去的金杯，又舉給人人看。雖然證據鑿確，而這些壞東西絲毫不感到難爲情。他們把這事轉爲開玩笑。「眞倒霉！」他們叫，「我們這些忠厚人會做出這些事嗎？爲了這個朱諾送給敍利亞女神的小小可憐杯子，使我們這些教士面對著死亡的威脅！」

不管他們的謊言與藉口，他們被押回鎮去。我背上的金杯與神像被莊重地放進朱諾神廟，第二天我又被牽出去來到拍賣場上。

第十三章　磨坊

一個鄰鎮來的磨坊師傅，付了比菲勒布多七個銀幣的價錢買下我，讓我馱上一大袋剛買的玉米，走上一條崎嶇不平的路，上面全是石頭、樹根，通向他的工作屋。它同時也是一座磨坊。

裏面有許多拉磨的獸羣。因爲磨坊日夜開工，所以牠們成天成夜工作。他以新來的驢子視我，給我一頓飽食，而且放假一日。我想他是不願讓我一來便清楚我將來的命運。如第一天悠閒與飽食的好景不常。翌晨我被套上似乎是最大的一個磨，我被蒙了眼罩，沿著一條圓道不停地走下去。我沒有失去智慧，所以我沒有立刻馴良地從命。雖然當我是個人時常常看見這種機器工作，而且自己也替管家妻子拉過一個小磨。我完全不理會工作，像昏暈般地站定。我心想也許他們會發現我不適宜於此工作，讓我做別的事，或把我送到牧場去。但是我聰明反被聰明誤，我眼睛被蒙，靜靜地站著，不知道幾個人拿著木棍過來，他們一同大叫齊向我打下。突然的叫聲與毆打使我嚇了一跳。我沒加考慮便拉著粗繩沿小徑而行。那些人因爲我突然的改變而大笑不止。

這天快完時，我已累得一步也走不動了，他們解下我讓我在廄房中休息。雖然我餓累得幾乎要昏過去，非常需要休息飲食，但是恐懼與好奇之心使我無視於他們給我的食物——數量並不少——而觀察著這恐怖而可厭的磨坊生活。哦，神祇！看管我們的是一羣多麼可憐的賤民！你可以從他們的破衣——簡直是披在身上，有些只圍條束襠布——洞中看見他們皮膚上全是鞭韃之痕。他們前額烙著字印，頭髮半剃，腳踝上縛著鐵鏈。他們的面容黃得可怕，眼瞼上全是爐火的焦煙，眼光無神得像個瞎子。他們全身蒙塵，像競技場中的角鬥士，但是他們身上並非泥土而是麵粉。

再看看我的同伴，全是一些疲憊的老騾、閹馬。看牠們垂頭吃乾草的那副樣子！牠們頸上長著膿瘡，並且不斷地咳嗽喘氣。胸部肋骨嶙峋，蹄子由於經常拖磨而行長得像一雙拖鞋。頭頂上都患著疥癬。

我一想到不久也將成爲這種恐怖的形容，便沮喪萬分，我像牠們一樣垂首自悲，回想著我由路鳩士大人變成毛驢後的墮落情形。我唯一的慰藉是觀察我身邊的事物、言語；因爲無人理會我的在場。荷馬寫出奧德賽的性格實在十分有理，將他賦予最高的智慧與謹慎，因爲他「拜訪過許多名城且見過各種人民」。我現在回憶往日時也至感慶幸；我化身爲驢的許多歷險大大增加了我的經驗，即使它並未使我變得更聰明。在磨坊，我知道了一個使我也使你們感到興趣的故事。

買了我的磨坊師傅是相當好的人，可是有個不幸的婚姻。他妻子是我見過最壞的女人，她對他的虐待使我常常爲同情他而悲嘆。她身上擁有任何一種罪惡；她的心腸是任何髒水都可以容納得下的污水潭。她惡毒、殘酷、無情、貪婪、酗酒、自私、頑固、在淫慾上卻逸樂無度，而且是所有忠實、清白人的大敵。她也完全漠視神祇，反對一切真正的宗教，卻崇奉一種奇怪褻瀆的「獨神」禮拜。她以許多可卑的儀式向他祭祀，而給了她清晨便酗酒以及終日扮演妓女角色的藉口；大多數人，包括她丈夫，都受她欺騙過。

這母狗對我卻另眼相待，她對我有種深絕的仇恨。她常常天沒亮便在床上叫喊：「嗨，那個起來把那條新驢套上石磨！」她一起床，又叫手下給我一頓好打；吃早餐時，她把別的畜牲解下，卻偏偏不讓我稍加休息。

她的殘酷使我對她的一舉一動感感好奇。我知道有個年輕人經常在夜裏到她臥室去，我希望看見他的樣子。不幸磨坊的工作使我不得逞。然而我相信總有一天會看見這婊子的花樣。一個老惡婦是她的親信和居間人，兩人形影不離。早餐一過她們便在一起喝美酒，她們的話題乃是如何欺騙她的丈夫。雖然我永遠不能饒恕使我變成驢子而不是鳥的浮蒂絲，不過至少我有個補償，我的長耳朵可以聽見老遠的談話。

有天我聽見老親信尖叫：「太太，你以後別不和我商量便隨便挑選情人。我看得出他的做愛遠趕不上你的熱情而使你感到痛苦。事實上他天生是個懦夫，你可怕丈夫的吼聲使他嚇昏了頭。你拿他與年輕的菲力西泰魯相比吧，那才是配你的男子！漂亮、大方、健壯，即使丈夫再多疑，你也可以相信他。真巧，他應當有權享受國內每位女士的愛意，是，如果全希臘有個男子配戴金冠，那便是他——只要憑他欺騙一個善妒的丈夫的事便行了。我說這件故事，便可以看出一個真正愛人與你的青年之間的區別了。」

「把故事講出來，」師傅的妻子說。

「你認識巴巴魯吧，不是嗎？我是指市議員，因爲他的壞脾氣而有綽號『蠍子』。哦，他娶了一個良家美女，現在把她緊鎖在他家裏，想盡方法不使別人與她親近。」

「哦，是，我很認識愛麗泰。我們是同學。」

「既然如此，我不想說了，因爲你一定已經聽說過這個故事。」

「我根本没聽說過，我十分想知道，從頭講起，阿姨，從頭到尾。」於是這個老婦人開始講這個奇怪的故事：

「巴巴魯有一天要離家出門。因爲事情非迫他出去不可，所以他想盡一切方法使愛麗泰在他離家時對他忠實。於是他叫來一個叫做馬默斯的奴隸，這奴隸是他的親信，叫他秘密地看守她。『如果出什麼差池，馬默斯，』他說，『如果她在街上被任何人的手指碰到，我便要把你關在黑窟裏，把你活活餓死。』

「他又以莊重的咒語威脅馬默斯，使馬默斯暗自生畏，決定警覺地看望愛麗泰。於是巴巴魯安心地出發了，而馬默斯卻緊張地奉守命令。他不讓愛麗泰有一刻離開他的視線，他緊閉門戶，使她整日紡羊毛，當她夜晚出去洗澡時，他也隨著她，緊緊地抓住她的裙邊，像膠樣黏在她身上。然而她的美貌無法逃過菲力西泰魯這種審美家的眼睛。她無懈可擊的聲譽以及採取的嚴守措施更令他無法抗拒。他決定冒萬險以獲得她的愛情。他發誓要攻擊被囚的城堡而像暴風雨般進佔它，不管守堡的衛兵是多麼森嚴。

「他深知人性的弱點，他明白黃金可以磨平粗路打破鐵門。當他發現馬默斯獨處時，他向他自承已瘋狂地愛上愛麗泰，請他設法消弭他的痛苦。『如果你不立刻拯救我，』我賭咒道：『我一定會在巴巴魯回來前死去。』他又說：『而且，你不用害怕。這是件十分簡單的事。只要讓我在夜裏獨自偷偷進屋，然後我便立刻出來。』

「他知道他的要求只要再加一斧之力便可以使頑石點頭：他自口袋中取出一把金光閃爍的錢幣。『這裏有三十，』他說，『二十給你女主人，十個給你。』

「這個建議使馬默斯大驚失色連忙跑走了。但是他腦海中驅逐不了黃金的光芒，雖然他將它拋諸腦後急急跑回家去，但是美麗的金幣仍緊緊佔住他內心。可憐的人悲傷地度過了一天。他心中掙扎著矛盾之情；一邊是對巴巴魯的責任感以及被發現後的可怖懲罰，另一邊則是平安無事地擁有金幣。他對金幣的饑餓隨時間而高漲；它咬嚙他的心使他睡不成眠。『停止！』忠心在叫：『來，拿住我們！』金幣低喊。黎明時節，貪婪壓過了恐懼。他站起來，壓下羞恥之心，跑進女主人房間，爲她傳遞菲力西泰魯的話語。

「愛麗泰並不是個容易陷入愛河的女人，但是她天生是個淫婦，立刻毫不遲疑地把貞操出賣了。馬默斯爲他忠誠事業的結束而大喜過望，他現在可以將那些金錢據爲己有，於是他立刻跑到菲力西泰魯家，告訴他愛麗泰對他的同情。菲力西泰魯立刻把十個金幣交付給他。想想馬默斯的情緒！他以前從來没有拿過比兩個銅板更多的財產！

「當夜他帶著菲力西泰魯化了妝混入愛麗泰的臥室，約當午夜，他們赤裸身體對愛神的祭典才開始初步實習，更坦白地說，他們方才習慣並調整雙方性的癖好時，門上響起重敲的聲音；巴巴魯突然歸來了。因爲没人開門讓他進來，他開始用石頭擊門大叫。長久無人應門使他更加猜疑，他高聲叫道要用極刑處分馬默斯。這種意外的災禍使馬默斯恐懼欲死。當他清醒時他卻找不到小心置放的鑰匙。

「騷亂驚醒了菲力西泰魯，他立刻穿上衣服衝出房間，不幸卻掉了他的鞋子，馬默斯找到鑰匙開了大門，迎進咆哮如雷的巴巴魯，他立刻跑進愛麗泰臥室，這時菲力西泰魯已經悄悄溜出大門，馬默斯又在後面把門鎖上。

「馬默斯放心地回到床上。但是巴巴魯次晨起床時，在床下發現一雙怪鞋，立刻心中已一清二楚。但是他沒有把疑情讓愛麗泰知道，也不告訴任何奴隸。他靜靜地拾起鞋子，放在口袋中，命令把馬默斯加上手銬鏈在他身後。然後他走過市場大街，憤怒地口中喃喃有詞，眉頭緊蹙，臉上全是怒意。他發誓要憑藉鞋子親手抓住姦夫。馬默斯跟隨在他身後，手銬鏘鏘作響，雖然他沒有做奸犯科而被當場捕獲，但是良心使他痛苦。他哭泣求饒想引起路人的同情，至於那有否作用則非我所知者。

「幸運的菲力西泰魯剛好走過，雖然他有一場十分重要的約會，但是憤怒的主人與懼怕的奴隸加在一起使他瞭如指掌。他記起匆匆跑出臥室時的疏忽意外。他猜出其中原委，他不但沒有倉皇失措而且機智如常。他衝向馬默斯大聲高喊，而且毆打他的臉——不過他小心地不致打得過重。『你這個說謊的壞蛋，』他喊，『我希望你的主人狠狠地揍你一頓。我認識你，你就是那個在浴室中偷偷穿走我鞋子的小賊。天，你真該掛著這對手銬直到它鏽爛爲止。你應當終生終世被關在黑牢裏。』

「那不是菲力西泰魯的聰明嗎？而且恰到好處！巴巴魯完全深信不疑。他轉身走回家去，釋放了馬默斯，把鞋子交還他，叫他：『物歸原主，你這臭賊，』他說，『如果你要求得我的寬恕的話。』」

故事還沒完全講完，師傅的妻子便插嘴道：「真是的，愛麗泰是個幸運的女人，她有這麼好的愛人。不幸，我那個真是個懦夫，每當磨坊中有個什麼聲響他便嚇得發抖，甚至老驢的臉也會使他大吃一驚。」

「不要緊，親愛的。他是個好孩子，我打算把新鮮得像油漆、勇敢得像黃銅的他帶到你面前，準備爲你犧牲。我們今晚再見，啊？」

她離開後，師傅的妻子準備了一頓可與教士祭祀比美的盛宴，斟好美酒，煮上最好的肉，像候神一樣等他愛人來臨。她丈夫被隔壁的洗衣匠請去用餐了。黃昏後，我被從石磨上解下，准我回廄去。宴會便在大房間的那一端舉行。苦工已罷，重軛已除，使我至感輕鬆；我現在可以自由自在地看這惡婦所作的事了。

黑暗降臨了；太陽自海岸上下沉，把光亮照到大地另一邊，立刻老婦把情人帶來了。他才是個臉上無毛的孩子，但是十分漂亮健康，師傅的妻子不停地吻他，然後請他就坐。但是他還沒有喝第一口她給他作爲興奮劑的美酒，忽然聽見烤匠回來了，比他預定的時間要提早數小時。「該死的人！」忠貞的妻子說。「我希望他在門口摔斷腿！」

孩子發抖蒼白地坐在那裏。她用來儲放麵粉的木箱正在附近，就在我的秣槽與大門中間。她把他趕了進去。師傅進來時，她完全泰然地說：「親愛的，看見你真高興！可是你爲什麼這麼早就回來？當然，你的老朋友洗衣匠……？」

「我受不了，」他歎了一口氣說，「他那可怕的妻子！天，我簡直不能相信。看上去她是那麼端莊貞淑。我敢發誓，那完全是假的；我奉穀禾女神的名向你發誓，我簡直不敢相信我親眼所見的事。」

「告訴我怎麼回事。」

「不，不，我自己會不好意思。」

「哦，請你告訴我怎麼回事。除非我完全聽完否則不會安心的。」

最後他只好順從，把鄰居發生的醜事從頭講起；而完全不知道自己家裏的醜事。

「好，」他說，「你知道洗衣匠是我的老朋友，他妻子一向是個絕對忠實的女人，鄰舍們都很敬仰她，而且有條不紊地處理她丈夫的事務。但是最近她愛上了一個男人，開始秘密約會，今晚當我和洗衣匠自浴室回來時，正好碰上他們在尋歡作樂。我們意外的回來使她意外而迷亂，除了一個高柳條籃外，她找不出更好的隱匿所。籃上掛著衣服，裏面用硫火薰著。這似乎是個安全地方，於是她過來和我們一起進餐。但是情夫被迫在窒息的硫煙中呼吸，你是知道硫磺氣味的，味道辛辣使人不斷地打噴嚏。洗衣匠坐在桌邊靠在椅上，聽見她身後傳來的第一聲噴嚏聲。『祝福你，親愛的，』他說，又隨著第二、第三聲噴嚏後，『祝福！祝福！』最後，他注意到其中大有毛病。他推開桌子站起來，翻過籃子，發現情敵上氣不接下氣，幾乎要送命了。

「我的好主人忿怒欲狂，高叫奴僕把彎刀拿來。他真想割斷可憐蟲的喉管，幸虧我費了好大勁才勸阻了他。我指出如果隨他去，他的情敵一定會中硫毒而亡，如果人家發現他的喉管被割，所有人都會遇到麻煩，包括我在內。

「我的忠告對怒氣沖天的老朋友份量很輕，可是他終於發現我的話頗有道理，便把那昏迷不醒的人拉到小徑上讓他去自生自滅。我又勸他妻子馬上離去，到朋友家去暫避他的怒火。我看得出來，如果她留下去一定會遇見十分不幸的事。他可能會殺死妻子和他自己。唔，這些事對於今夜說來已足夠了，於是我回家了。」

在說故事的過程中，他妻子不斷發出貞潔的感歎聲與憤怒的斥罵。她管她的鄰居叫做草中毒蛇、無恥的妓女、女性的污點、對丈夫毫不尊重的女人。「想想看，她把家變成妓院，」她叫道，「一個可敬的已婚女人變成了個下流的娼婦。這種女人應當活活燒死。」不過，她心中並非毫無不安。她希望立刻將禁囚的愛人放出去，所以她便敦促丈夫快點上床。

「不，妻子，」丈夫說，「我在洗衣匠家誤了晚餐，我很餓。我們來吃吧。」

她立刻端上原準備給箱中男孩的晚餐。而我因她的邪行至感憤怒，我覺得肚子痛疼；起先是淫蕩的接吻，然後是無恥的僞貞淑。我急欲希望替主人揭穿她的惡毒：去把木箱踢翻，露出像烏龜般蹲在下面的情人。

「她多麼醜惡地對待這可憐人，」我想。這時命運之神來幫我的忙了。現在到了我們飲水的時間，一個老跛子來趕我們到附近的水塘去，這給了我一個對付師傅妻子的好機會。我走過木箱時，注意到男孩的手指自下面伸出來。我重重地踩了他一腳。痛苦至難忍耐，他不禁大叫一聲推開木箱跳了出來。人人都看得見他站在那裏，師傅妻子的假面具揭穿了。

但是師傅並不像我預期的那麼驚訝。他開始安靜溫和地安慰發抖的男孩——他眼中已有懼死之色——請他不必害怕。「別以爲我是生番或蠻子，」他說，「我不準備用硫磺煙薰死你，而且你是這麼漂亮的男孩，也不能扭送官廳。因爲按通姦法論你死罪太可恥了。我也不打算休了我的妻子或要求分產。這種事情可以有簡單的解決辦法：容我們三人共睡一床。我妻子和我從沒有爭吵過；我們理智地生活在一起，對一個有益的事對另一個也必然滿意。只不過法律上妻子不像丈夫那麼有權而已。」

他繼續冷靜地開玩笑，然後他讓這男孩跟他走到臥室去。爲了不使他妻子憤怒，他把她鎖在另一間房中，然後和男孩上床，盡情地爲她的錯誤復仇了一番。第二天天剛亮，他喚了兩個最强壯的磨坊工人把男孩吊起來，用木棍杖打他赤裸的背。給他幾十下好揍後，師傅說：「真是個好孩子！你不去找同年的愛人，而來破壞別人的家庭，實在可恥。你替自己加上了個惡名，孩子，通姦是個十分十分嚴重的罪行，你千萬不可忘記！」

他又給了他幾下作為祝福，之後把他趕出門去。這是通姦者在一生中最值得紀念的事，他的報應比他所想到的更幸運，但是他為他雪白背上的傷痕而哭泣呻吟。

不久，師傅休了他的妻子。她天生便是個惡婦，社會的責難使她變本加厲，她便潛心修學魔法符咒之術。她去拜訪一個女巫，這女巫以藉符咒藥物之力為所欲為而著名。她把珍貴的禮物送給她，請她化軟丈夫的心腸或使他追悔不已，再不然，用種魔法或巫力把他的靈魂嚇出軀體。

這個會對諸神施加壓力的女巫開始作法。她先用黑術中最溫和的巫法，想影響磨坊師傅的心轉而對妻子好感。但是此計無效，使她惱羞成怒。她決定要用一個被強暴死去的女人的鬼魂附上他的身體而殺死他。

（我聽見一些聰明的讀者反對道：「瞧，路鳩士，你是條驢，綁在磨坊中，怎麼會知道這些女人的秘密？」請讀下去，讀者，你立刻可以發現我是如何發現我主人的死情，我是條驢，誠然；但是我仍擁有人的智慧。）

中午，一個形容古怪的女人走進磨坊。她穿著破衣，顯然十分憂傷。我以為她是一個萬惡之人。她身上披著一條黑格子外套，雙足赤裸，臉上骯髒，灰髮上沾滿塵土。她走向師傅，輕輕握著他的手，假裝有什麼知己話要對他講，領他走進臥房。她關上門，他們在裏面談話甚久。

當下人們的麥子全磨完了，需要更多麥子時，他們敲門叫：「還要麥子，主人，還要麥子！」

沒有回答。

他們更大聲地敲門高喊：「還要麥子，主人，還要麥子。」他們的聲音高得不能再高。沉靜。

門自裏面門了起來，工人們猜疑之下決定破門而入。一、二、三！他們一同撞破了門衝進房去。

女人已經不見，可是師傅頸上掛著條繩索吊在房樑上，他們把他割下來時，他已氣絕多時。

他們習慣地號啕大哭；葬禮在當夜舉行，許多人圍在墳邊。隔天早晨師傅的女兒——她最近才嫁給鄰村的人——披髮地跑回磨坊，痛哭捶胸。因爲她對繼母的被休與父親的自殺毫不知情，當夜父親可憐的鬼魂向她顯靈，頸子上吊著繩索，對她細述詳情；由繼母的通姦講到她使用巫法，而他的靈魂已離開身體，將永居九幽地獄。過一會，僕人們來安慰她，八天後，當祭祀完畢後，她拍賣了磨坊與其中一切——她是唯一的繼承人——包括奴僕、驢、馬。一個家庭突然支解拍賣，物事向四方而散，真是多麼奇怪的事。

第十四章　園丁與百夫長

在標買者中有個園丁，我便是以五十銀幣賣給他的。對於窮人這是一筆巨款，但是他希望以他自己和我的努力工作收回這筆錢。我必須先說明我替他工作的生活情形。他經常給我馱了一擔青菜到附近的市場去，把它賣給批發商後，騎在我背上回家。然後他挖掘田畝，灌溉蔬菜等，總之他的雙手從未閒過。而我卻整天可以休息。經過了一圈的苦難生活，現在可以算是歡樂時光，但是季節已到了濃霧豪雨的冬天。我的獸廄既無門戶又無屋頂，差點把我凍死，因爲我的貧窮主人沒有能力供給我和他自己以乾草被褥。他過冬唯一的保護是用些小工具搭成的屋頂。在這種季節中上市場可不是可喜的經驗。我没有鞋子以保護我的蹄子於硬路上的粗石、碎冰，而且常常没有吃早餐便出發。主人和我的早餐十分可憐；主要是粗老的蘿蔔以及像被用來掃過地般的臭爛菜。

一個無月光的夜晚，鄰村一個農夫迷失了道路，全身濕透，騎著累馬到我們茅屋裏來。我的主人客氣地招待他，而且盡量使他舒適。在這氣候惡劣與貧困的環境下，至少他可以略爲睡眠。次晨爲了表示對我們的感謝，他請我主人去拜訪他，並且答應贈送些玉米、油和兩隻酒壺。主人立刻答應下來，拿了個裝玉米的袋子，和些裝油的皮袋，騎上我到七哩外的農莊去。

農夫早已抵家，我們來到時，他大方地請我主人和他共享相當豐盛的飯食。他們互相舉杯祝福，高興地談天，這時發生了件驚人的事。一隻母雞在院子裏咯咯地兜著圈子，像是要找地方下蛋。農夫看見她便說：「你是個好女孩，你生的蛋比別的母雞都要多。自從上個月來，你每天下一個，現在看上去又要下一個蛋請我們吃……嗨，孩子！」他叫他的一個奴隸──「把筐子放在她經常下蛋的角落裏。」

筐子擺好後，可是母雞拒不肯進入。反之，她卻跑到主人腳邊下了點什麼東西。它不是個蛋，而是個反常的徵兆──一隻羽毛豐滿的小雞，眼爪一應俱全，才下地便立刻啾啾地跟在母雞身後。

跟著又發生一件令最勇敢的人流出冷汗的怪事：桌下的石板突然迸開現出一個裂口，裏面是起泡的血泉，血滴飛起濺在杯盤上。人人恐怖憂愁地望著這兇兆時，一個奴隸自地下室跑來，報告不久之前釀成的酒，自瓶中潑出，立刻地上像是一片火海。其次，一羣鼬鼠咬著死蛇跑進屋來；最後，一隻小綠蛙自牧羊犬口中跳出來，旁邊站著一隻老公羊向狗撲去，一下咬住牠的氣管。這一連串的怪事使農夫與家人嚇呆了，他們站在那裏不知該怎麼辦好。顯然，神祇的怒火必須用犧牲平息，但是用什麼犧牲呢？這些怪事中以那一樁最嚴重？那一件應當先加注意，那件可以留下而平安無事？他們失神無措地張口等待更壞的事發生。

最後，另一個奴隸跑來報告另一件可怕的禍事。在這裏必先說明，農夫有三個成人的兒子，受過教育，得人敬仰。他們一向和一個貧窮的鄰居至爲篤善。而這貧窮人卻住在一個青年貴族的隔壁。這青年利用他金錢的權勢僱了許多傭兵，使全區都得仰他的鼻息，他最近對他的可憐鄰居十分兇暴無道：殺他的羊，趕他的牛，踩踏他的青菜玉米。他現在宣稱這區全是他的土地，要把他趕出去。

這可憐人雖然溫良和氣，但是也不願意被他有錢貪婪的鄰居搶劫，便請許多朋友來劃明他的產地界限；他對他們説，他希望至少有塊可以安身的地方。朋友中便有三兄弟，他們知道他的窘狀，決心要盡力幫助他。但是貴族瘋狂也似地決心要粉碎窮人，根本不理會許多朋友的來臨，拒絕重訂盜賊似的要求。他甚至頭腦中無處容納別人的話。這些自願充當仲裁者的人有禮地指出佔有別人財產之不法與無理，但他對這些溫文的説理置之不顧，並且誓稱他與家人死也不能接受別人的干涉——那麼，你們這些仲裁者與多事佬滾進地獄吧！

「嗨，奴隸們！」他叫，「抓著這些傢伙的耳朵，把他們趕走，使他們不敢再到這裏來。」

人人至感侮辱，兄弟之一立刻發言，告訴貴族説雖然他有錢，但是他的威脅一無作用。他是浪費他的話：法律是人道的，被無理鄰居所强佔的土地必能得到補償。

這句反駁的話火上加油，或煙上加硫，或像地獄下碰到九尾貓，使他怒氣益加旺盛。「你給我滾，法律也給我滾！」他大嚷，命令手下把犬放了。他產地中有守門犬，牧羊犬等等——全是些渴血的畜牲，牠們訓練有素，使死獸的骸骨看見牠們也會發抖。

「咬他們，孩子們！」牧犬人叫，於是猛犬喑喑地衝向窮人的支持者，向他們攻擊。他們想逃避，可是惡犬追在他們身後，他們跑得越快，越被攻擊得厲害。三兄弟中的小弟剛好踩在一塊石頭上被絆倒摔在地上，犬羣便撲到他身上咬嚙他，把他的肉扯成碎片吞下去。別人聽見他的尖叫，回身來救援他，左臂披著大衣抵抗而且撿起石頭趕狗。但是已經來不及了。嘗到血味的野獸不肯放鬆，直到他在衆人面前被咬成碎塊。他臨終的話是：「爲我報仇，哥哥們！」

他們完全不顧後果的向惡人衝過去，用石頭打他。但是對於强圍土地他已是老手，所以沒有驚慌失措。他對他們投去一支鏢鎗，因而刺穿其中一位的身體，雖然他已受了致命傷，仍未倒下。矛尖透過後胸支撐在地上，使他在上面扭曲著。然後一個高大的傭兵對最後一個兄弟投出一塊石頭，想把他的手臂擲斷。它自他手指邊擦過，人人都以爲他受了重傷，這個聰明的兄弟找到一個替死去的兩兄弟報仇的機會。他假裝手臂已斷，對貴族大叫：「很好，好，你已從我們全家得到勝利，高興吧！用我兩個兄弟和我的血來膠住你貪婪的黑心，而完成你想做的可恥工作：看，一兩個你的同胞仍昏迷地躺在那邊地上。不過你記住：當你把我們可憐的朋友趕出他的草屋時，不管你的邊界擴到多遠，你總會遇到鄰舍。同時，你記住，你運氣好，一塊可詛咒的石頭把我的手打斷，否則，我要割下你的頭。」

高興的貴族拔劍衝過去，想一舉結束他的生命。但是以後發生的事令人驚詫。貴族遇上了一個比他更厲害的人。他的劍被對方握住，武器被人搶掉，他的頭不斷地被人毆打，直到他的惡靈魂離開身軀。

傭兵連忙來救他，但是勝利者比他更快。仍然滴著貴族的血液的劍，用來割他自己的喉嚨。

這是惡兆所帶來的消息。因爲不幸過於沉重而心碎了的農夫，一個字也說不出來，也流不出一滴眼淚。他拿起方才爲客人割乳酪的刀子抹頸，就像他兒子用貴族的劍一樣。然後他倒在桌上，血如泉湧，洗去了方才桌下冒血水的幻景。

我主人爲了這突發的家難向在場的每個人安慰。他因爲空手歸去，至感失望，不過他仍搓手流淚地表示對盛宴的感激。於是他騎到我背上又沿著同路回去。

這是次不幸的旅程。我們被一個高大的羅馬軍人，一個百夫長所阻止。他粗魯地問我主人：「你騎這條驢到那裏去？」我主人一面因爲看了方才的不幸惡兆還昏迷不清，另一面由於他不懂拉丁文，便沒有理會他的問話，逕自向前騎去。他的沉默觸怒了百夫長，百夫長用籐棍打他的頭，並且將他自我背上拉下。我主人低聲答道：「對不起，大人，我不懂你的話，所以我不知道你方才說些什麼。」

這次百夫長用希臘話講：「你騎那條驢到那裏去？」

「到鄰村去。」

「好，我要牠，聯隊長的行李要從堡中搬出來，我們缺少馱獸。」他抓住我的韁繩，拉著我向後走。

我的主人擦去籐棍打在頭上流到面頰的血，懇求百夫長對他稍爲客氣點。「這樣的話，」他說，「我相信你一定會交好運。而且，這是一條懶驢，又患了重疾，大人，叫做倒症。有時他從小弟屋裏載幾束青菜上市場，快到的時候牠會暈倒。真正要牠載點東西，你會使他心碎。」

但是殘酷的軍人根本一個字也不要聽。我主人看見他決心要搶去我，又用籐棍打擊他的頭，便採取了絕望的行動。

他假裝以懇求的姿勢抱住軍人的膝部，用力拉起他的雙腿，使他朝天摔下，頭背碰在地上。然後他跳在他身上，打他，捶他的面部、手臂和胸部——他先用拳頭又用手肘，然後用地上的石頭。百夫長摔在地上毫無辦法抵抗，只能口出恫嚇之言，說他一能站起來便要如何懲罰我的主人。他發誓說要用劍刺穿他。

這些話及時地給我主人以警告；他自軍人身上拔出劍，盡量把它扔到很遠的地方，而且更狠重地毆打百夫長。他傷痕累累地躺在地上，他唯一的希望是如何死裏逃生。我主人又拾回佩劍，騎上我向村莊奔去。暫時他不先回家，而騎我到一個他的好朋友家去。他向店主朋友說明經過情形，並且要求保護。「把我和驢子先藏在安全的地方，讓我躲幾天等麻煩過去。」

店主立刻看在舊日情份上答應幫助他。他們把我四腳綁起，拉到樓上亭子間去，但是我主人住在樓下店裏。他爬進一個大衣箱把蓋子放下。

我以後聽人說，那百夫長不久便像個醉漢一樣顛躓地走進村，傷口的痛苦使他徐徐地依仗木棍而行，驕傲使他不敢對村人談起我主人毆打的事，而强嚥下羞恥之情。他立刻遇見了他的同伴，他們勸他暫時在軍營中保守秘密，如果人家知道他被一個菜場園丁所毆打，他會從此失去軍人的榮譽。可以預料得到，一個敗德的鄰居出賣了我們。於是他們到官府裏告訴知事說他們在路上丟了他們司令官的財產，一個值錢的銀杯，一個園丁拾到而拒絕交還，他現在躲在鄰居家。知事記下軍官姓名及其他細節，便到商店裏來，他大聲宣稱他相信我們是躲在此地。如果店主拒絕將我主人送到官裏去，他會被以庇護惡人的罪名處死。

店主是個勇敢的好朋友，他答道根本不知道我們的事，他已許久不見我主人了。但是兵士們憑皇帝的名氏發誓：他便在這屋中某處。知事准許他們好好地搜查，看店主的否認到底真實與否。他派公安官及其他官員上上下下搜查。但是他們宣稱到處都找不到驢和人。兩方爭辯益烈，兵士以皇帝名氏賭咒說我們便在這裏，而店主奉奧林匹亞山上的諸神聖名說他們在說謊。

諸君知道，我是個好奇又不安份的驢子，當我聽見外界騷擾的聲音時，不禁伸頸向亭子間的窗口張望。一個兵士剛好往上看。他站的地方雖然看不見我，可是他看見我投映在隔壁牆上的影子。「看！看！」他說。所有士兵大叫衝進房子，到樓上我躲的地方，把我趕下來。他們又在店中作了一次徹底的搜查。當他們打開衣箱時，找到我可憐的主人。他們把他拉到知事面前，然後關進牢獄。他被控以搶劫羅馬軍官的罪名。

我的影子投在牆上的事，使士兵們大爲開心，並且取笑了許多話，不出幾天，「驢影偷窺」的諺語傳遍了全國。第二天，我主人與他店主朋友的下落如何，我不知情。但是那個受了嚴厲懲罰的百夫長把我自小房中牽走，沒人阻止他。他把我帶到我認爲是他的營房的地方。他替我裝上了許多負載，使我成了軍驢的樣子。在塔狀行李與器具的上面，他放了頂光亮的鋼盔，使任何看了的人眼睛都感到刺痛，以及一支長柄的矛槍。這打扮使我像個上路的小型軍隊，使老百姓望而生畏。我們打一段好路走過平原，最後到了個小村莊，我們並不住在旅館，而落腳在市議員家。他把我交給奴隸，便匆匆向聯隊長報到去了。

第十五章　議員之家

以後幾天內乏善可陳，不過我必須記下我住在那裏時發生的一件動人的謀殺案，因爲主要的人物乃有關於市議員，他的妻子與兩個兒子，和我身邊所發生的戲劇。兒子在學校中頗知上進，事實上完全是個青年典範，任何父親都會引以爲榮。他母親已逝世有年，他父親的續弦生了個兒子，現在十二歲，算是他的異母弟。議員讓他妻子管家，而她的面容比她的性格好看許多；不論她是天性惡毒，抑或是命運使她不由自己，則非我所能知。然而，她竟愛上了她的繼子。讀者必須先行知道，這個故事是悲劇而非喜劇，所以應當懷著勇敢的心情來聆聽。

哦，當小愛神還是個小嬰兒的時候，繼母發現要隱藏她的感情、諱莫如深並非難事；但是當他長大開始惡作劇時，他的熱情之箭卻生起殘酷之火。她只有以裝疾來遮掩她的痛苦。現在，人人都知道相思疾症與普通疾病並無大異：例如，精神萎靡、眼光無神、雙膝無力、失眠、悲嘆更加重了危機。若不是由於她時常哭泣，她的症狀會被人誤判爲流行性感冒。「呀，先知多麼愚笨！」這是維吉爾的話。可是我說：「呀，醫生們多麼愚笨！」那些醫生診得她脈膊急促，溫度昇降無常，以及呼吸困難，在床上輾轉反側，卻無法斷定處方。老天啊！任何愛情的學子一望便可測出那是相思熱病。

她的病症越來越重，最後她無法再保持緘默，便叫人喚她長子來。兒子！哦，如果她無需稱他兒子，如果她不再使用這個字，這個名詞對她永遠是種責罰。

他立刻到臥室去，額頭深皺得像個老人。他不清楚她要他來做什麼，但是由於她是父親的妻子、弟弟的母親，所以非去不行。他走進臥室後，雖然保守秘密的情緒幾乎殺死了她，她仍不能說出她心中的話。她徘徊在遲疑的沙地上，換句話說，她太過羞愧而不敢說出她早已盤算好了的話題。坦然的繼子無意而溫存地問：「母親，你到底是什麼病？」

她眼淚如注，她用睡衣角遮住面孔，呻吟地說：「你；是你令我生病的。只有你才能治癒我的疾病。如果你不醫治我，我就活不成。」

「我？」他驚訝地叫，「我怎麼會使你生病？」

「你望望我，你的眼光使我心中燃燒。我快要被燒死了。別因爲愚蠢地顧慮你父親的權利而不憐惜我。我如此痛苦地躺在這裏完全是你的錯誤。如果你照我的話做，那對他完全有益；你必須自死亡之中拯救出他的妻子。你不能怪我愛上你；你是你父親的青年化身。來，親愛的，這裏没有別人，不用害怕；這是你享受人生的絕好機會。你可以稱之爲亂倫，但是這是件你必須做的簡單事，你知道一句俗諺：『罪，不爲人知者不爲罪』。」

這突然的吐露使他至爲迷惑，雖然想起答應她的要求使他不寒而慄，但是他認爲最好不要過於强硬地拒絕她。他謹愼地要她多等一等，並且答應了她的要求。「哦，母親，」他說，「請多保重身體，心情放寬。我立刻找個機會和你相聚，但是我們必須等父親騎馬出去以後。」然後他趕忙離開家門。現在甚至於望她一眼都會令他作嘔。他知道除非他能好好地應付這種事，這個家非毀不行。他急忙跑去找他的老校長，並且把詳情告訴他。

老人思忖許久，才告訴他，他最好的勸告是在命運風暴到臨之前飛離家庭。當他開始安排準備時，他繼母已不能再等一兩天，找了個藉口令她丈夫匆忙趕去巡視遠處的農莊。他剛走出門，她在情緒激動之下，寫張條子叫她繼子來履行諾言。

他對她至感厭惡，他不能與她親自談話。他送了一張信說出難以赴約的理由，她第二次又來相約。他又找出另一個藉口。她終於瞭解他無意守信。立刻她的口氣變硬了。她熱情的傾訴一轉而爲難忍的仇恨。她叫來一個奴隸，他本是她嫁妝之一部分，對她忠實不渝，她把她罪惡的秘密全告訴他。他們聚首相議後，決定目前最好的辦法是毒死繼子。她立即派惡漢去買一包最毒的藥末。他回來時她將它溶在一杯酒中，準備讓她無辜的繼子飲用。

中午時分，當他們仍緊張地討論如何施毒的辦法時，惡婦自己的兒子由學校歸家，吃過午餐，覺得口渴找到了那杯毒酒，他自己不會懷疑它是要來毒死他的異母哥哥，便一口把它喝光。他立刻昏倒在地。帶他回家的奴隸大爲吃驚，以最高的聲音叫喚母親和管家奴隸。大家知道孩子是喝了一杯毒酒而致命，可是是被誰毒害，卻沒人知道。

繼母一向以惡毒著名，在這案中可以瞭解無異。她對於自己的兒子死亡並不悲傷，而對自己的罪惡亦不感愧咎，也不理會她丈夫回家時可能的悲傷。這一切對於她只是復仇的良機而已。她派人即時送信給她丈夫告訴他不幸的消息。他趕回程時，她一口咬定是她的繼子毒害了她的兒子。這自另一個角度說亦頗有道理；因爲她兒子吃下的是準備給她繼子的毒藥。她又加油添醋地說，因爲她指責他謀殺時，他抽出佩劍威脅要殺死她。

議員心中雜亂如麻。一個兒子正等著下葬，另一個卻因謀弒親弟將被判死刑，他無法同情他。當他親愛而忠實的妻子向他哭訴時，他只感到憤怒與憎恨。先安排好孩子的殯葬，不樂的老人淚流雙頰，白髮成灰，直向市場而去。他慷慨激昂地登臺致詞，並盡力請議員們判處長子的死刑。他哭泣嗚咽擁抱其他議員的雙膝。

官員們對這憤怒的情感至爲感動，鎮民也一樣動容，他們希望無需經過正式審判，免去冗長枯燥的辯方、檢方及證人的陳述辯論。他們喊道：「砸死他！砸死他！」以及「損害社會道德的罪犯得由社會處決！」但是政府恐怕允准這種粗暴的司法將會削弱民衆對法律的尊敬並鼓勵暴民罪行。他們要求議員們支持當局決定，舉行適度的審判，雙方召取證人並經過詳細調查，而最後加以定讞。「任何人，」他們說，「不應當不經過審判而加以定罪。否則，這便是野蠻或專制的社會，特別是在這麼個太平盛世，它會變成可怕的先例。」

這賢明的決定立刻毫無異議的通過了，鎮執達吏立刻在法庭中召開集會。法官們立刻聚集，依照階級年齡就座，然後執達吏命令控方準備提出訴訟，命令帶上被告，最後宣稱依據阿堤克法律及阿羅巴加斯所制的程序而進行，雙方律師均不得逾法，而且不得在庭上激起不必要的情緒。由於我被拴在獸廄裏而無法親身見識，只能在事後根據閒談中獲知，而經去蕪存菁後作成此記錄。

雙方律師上告之後，辯方律師宣稱願見所有罪狀均消除。但是庭上判稱，對這麼一件重要的案子不能憑不重要的證據而定讞，於是召上後母的奴隸。控方認爲他是了解其中事實的唯一證人。這狡猾惡鳥上來作證時毫不緊張，雖然這是個十分重大的案子而且庭上需無虛說，他無疑在良心上尚有愧咎。他發誓後作了冗長的陳述。用自己的幻想加增了女主的故事。他說繼子因爲無恥的企圖不逞，乃買了一袋毒藥，並且召他來給他大筆的賄賂，要他緘守秘密，並令他毒死孩子。

「當時，大人們，我對被告說我從來没做過如此惡事，請他留著錢。可是被告在我面前調好毒藥，把酒杯給我，說我必須給小少爺喝下去，否則要殺死我。哦，我接過杯子，但是我没有交給小少爺，不久被告又來找我，懷疑我打算留下毒酒給老爺看以對付他。於是他自己拿去毒酒，給了小少爺，而小少爺便把它喝了下去。」

證人真是個好演員，當他以可敬的怒意講完時，庭上宣佈本案結束，被告律師根本没有機會召喚繼子請教的老校長來作證，或那個看見孩子喝下毒藥的奴隸，或者讓被告本身有個申訴的機會。法庭上一致認爲他罪有應得，即使最軟心腸的人也發現除極刑之外無其他定判。法律規定，罪人與四種獸類——狗、公雞、蟒蛇與猿猴，代表四種罪惡——一起縫在大皮袋中擲進河裏。現在剩下的只是投票於銅盒之中，如果死刑決定後，訴訟便告結束，而把罪人交給劊子手處理。

在最後關頭，唯一的反對者——一位受衆人尊敬的老醫生——走向前來，一手掩著投票的銅盒口，阻止任何人過早投票。他向法庭致詞道：

「我尊敬的大人們。我很榮幸，因爲我一生未曾違反過你們的良好意見，而今日我拒絕同意判處一位無辜的人，希望不至觸怒你們。我請你們別爲一個奴隸所欺騙而違反自己的誓言，而能作一公正無私的宣判。我可以輕易地假裝與你們同意，但是我不願欺騙我自己的良心，或以投下死刑之票來褻瀆尊敬的神祇。

「方才提出證據的罪人兩天前來我寓所，給我兩百金幣以換取致命的毒藥。他說因爲一位知友染上不治之症而需要它解脫痛苦的人生。他的故事雖然逼真但並不可信。我懷疑他在欺騙我；所以當我把藥包交給他時，我小心翼翼以免作爲他作奸犯科的同謀，而收下款額。

我請他把錢袋留在我藥房中，明天和我一同去金匠處，那就是昨天，秤秤看金幣是否份量不足或是僞造的。同時，他應我的要求在錢袋上用拇指戒指用上印。

「但是他第二天並沒有來，方才我聽說他被法庭召爲證人，馬上叫我奴隸把錢袋拿來。就在這裏。可不可以把他的印章出示給他，問他承不承認？如果那是他的，那麼你們一定會懷疑他如何膽敢說他所買的毒藥是被告買的。」

奴隸驚詫失色，他蒼白發抖，滿身流著冷汗。他不斷地換腳站立、張口、搔頭、大叫一些胡話，說任何有理性的人都會看出他是無辜的。不過他立刻恢復正常，否認醫生所控告的一切。不但醫生在作證時已立有誓言，而且他的職業聲譽也面臨考驗。最後庭上命令官員抓起奴隸的手指核對袋子上的火漆的印章。結果完全相符。

根據希臘的習俗，爲了要使奴隸吐實，把他綁上刑輪，將他兩腳綑上重量騎在木首上；他相當頑强，當他們將他腳放在烙鐵上時，他仍堅不開口，最後醫生又說：「讓我再說明；我拒絕讓被告席上的青年寃枉受罰，或讓這個惡奴逃出法網。讓我給你更明確的證明。當這無恥的惡漢來向我買急性的毒藥時，我記起，醫藥的目的在給人生命而非取人生命。如果我把毒藥賣給一個可能的兇手則我觸犯了我職業的原則。但是我又擔心如果我拒絕出賣，那麼他可能到別處去獲得毒藥，或用其他方法從事謀殺——如最方便的刀劍。所以我給他的並非真正的毒藥，而是一種叫曼陀羅華的安眠藥，它的藥效很强能發生與死亡相倣的效果。你們無需對奴隸接受傳統刑罰而驚詫；比起他的罪惡，它們微不足論。如果這孩子真正用了我所準備的藥物，那麼他還活著，只是昏迷過去而已，一等藥力過後，他便會醒轉而本案自然結束。如果他真正死去，則有需進一步的調查；他的死因可能是我所無法預見者。」

他的建議至爲公平，於是審判立刻休庭。人人都十分緊張，公衆與法官均奔向墳墓。父親第一個到達，他自己揭開棺蓋，這時孩子方自昏迷中醒來，正想坐起來。他緊緊地抱著兒子，找不出語言來表示他的歡喜與輕鬆，他把他輕輕抱起來讓大家看清楚，並且立刻抱著猶著喪衣的兒子到法庭去。

這件案子的真情已無庸爭辯，奴隸的罪惡以及後母的更大罪惡終於水落石出。她被判永遠流放，奴隸被處死刑；大家又一致通過把黃金贈送給製造昏迷而產生佳效的老醫生。於是這件故事終於以喜劇結束，像天神降臨人間一樣。而方才以爲自己沒有兒子的議員，現在又是兩個兒子的父親了。

第十六章　馴獸師

命運突然有所轉變。將我自園丁手中搶過來的百夫長被他的聯隊長派赴羅馬。他把我以十一銀幣的價錢賣給兩兄弟，附近一個富豪貴族名叫賽拉蘇的廚房奴隸。一個是糖果師，另一個是以紅燒肉著名的廚師。他們買我來的目的，是當賽拉蘇出遠門時，讓我馱負廚房用具。我成了他們的第三個伙伴，在我化身後的長時間內，以這一段生活最爲舒適。每夜賽拉蘇晚餐後——他的晚餐十分豪華——我的主人常常把剩下的東西搬回屋。一個搬著烤豬肉、子雞、魚和其他佳餚；另一個拿了麵包、泡菜、發糕、乳酪、糖果和肉餅。當他們鎖上房門去浴室洗澡時，我便飽食上帝賜我的美食，雖然我已變驢，可是並未失去理智，爲了廄中的乾草而對美味置之不顧。

我成功地掠食了許久；我的技術是對桌上的每樣食物只取一點，讓我的主人不可能懷疑他的驢子會玩這種把戲。漸漸我由於過份自信，只撿我所愛的食物，把它吃得乾乾淨淨。我的主人開始注意到每天的損失而大惑不解，不過他們沒有懷疑到我身上來，各自暗暗地要找出誰是小偷。他們現在妒忌地看著每盤菜，而且加以計數每種糕餅，窺視對方看他是否是一個小偷。

最後，廚師坦白地提出這件事。「長此以往，我認爲這是不好的品行，你近來每天都偷些剩菜，而且都是最好的，在我背後賣給別人，然後再來和我均分我的一半。如果你不願意和我合夥，那麼我們可以拆夥，不過，離開之後仍是好兄弟。否則我們的摩擦將逐日加深而導致猛烈的爭吵。」

「我很高興！」糖果師説。「天啊！我歡迎之至！你先偷了那些東西卻來賴我，我實在已經忍耐了很久——我原本決定長期地壓抑下去，以免指責我自己的兄弟作鼠竊。你卻無賴地來控告我！不過我很高興把這件骯髒事公開出來；我們可以在感情破裂而毀滅之前及早解決……。你記得我們看過一齣戲，兩個兄弟因爲一件小事而互相殘殺的？」

結果，兩兄弟共同宣誓他們没有一點不誠實，更没有在食物中取一點。他們同意團結統一陣線，以各種方法來發現是誰偷的。「毫無問題，」其中之一説，「這條驢子没有嫌疑，驢不吃我們的食物。」

「不過，每天晚上最好的剩菜都不見了。當時只有驢子在房裏。」

「不可能是蒼蠅。」

「如果是蒼蠅，那麼它一定像巨鷹般大小——亞當時代掠奪菲尼斯王食物的怪物。」

我自糧秣改用人類食物，結果使我長胖，褐毛變軟發光。這使我的馬腳畢露，因爲主人們看見我比初來時幾乎健壯了一倍，而且我每天乾草均絲毫未減，有天他們假裝去浴室，仍然如常地鎖上門戶，但是在門縫中偷看我享用佳點美餚。

他們忘了以往的損失，立刻大笑起來：驢是個大食客。他們叫了許多奴隸輪流在門縫上看我進餐；那個人這輩子見過這種事？他們笑聲既高且久，剛好主人賽拉斯路過，他想知道到底有什麼可笑的事發生。他們請他自己往門縫上看。

他笑到肚子發痛。於是開門仔細參觀。當我發現我運氣非但不壞，而且漸入佳境時，我仍然繼續地吃著，他越笑得高聲，我越感自信。最後，這次奇觀使他極感興趣，便命下人把我牽到餐廳去——不，回想起來，是他自己將我牽去的。桌子已經擺好，他下令把各種食物放在我面前，包括許多沒有吃過的菜。雖然我已相當飽了，但是爲了要討好他，仍然盡量裝著津津有味地吃下去。

賽拉蘇和他的朋友們希望知道我要吃些什麼。他們猜想一隻驢子所可能愛吃的東西，便盡量供應以對我加以試驗。例如茴香燒肉、辣炒子雞、各色鹹魚等。當我清掃了所有盤中物時，房中充滿了震耳的笑聲。

最後宴會上的小丑說：「現在，何不請我們的客人喝杯酒？」

「主意不壞，你這壞東西！」賽拉蘇說，「我敢說牠決不會拒絕一杯美酒——來，孩子，用金杯斟滿給我們的客人！告訴牠，爲牠的健康而乾杯。」

人人好奇地看我。大杯子放在我面前，我根本沒考慮當否飲下，便先舔舔嘴唇，一吸而空，像個善飲的老手。

一陣喝采風暴似地響起，大家爲我的健康舉杯。狂喜的主人叫住兩兄弟，付給了他們當初買我時四倍的價錢。然後他將我交給他手下一個富有的自由民，請他對我盡心看管。這個自由民對我十分仁慈同情，而且爲了要增加賽拉蘇對他的好感，更教我玩新的把戲。首先他教我如何支在一肘上橫躺在桌邊；其次如何摔角，甚至用後腿跳舞。最後——這點贏得了我的欽佩——是如何利用姿勢交談。我學會以點頭表示贊同，昂頭向後表示反對，並且當我口渴時向酒奴示意，先眨一隻眼睛，然後眨另一隻眼睛。我是個迅速而聰明的學生，說起來實在不值誇口，因爲我無需經過訓練便會玩這些把戲。但是我不敢做出未經訓練的動作，否則大多數人會把我當作妖孽，而斷送了我的頭頸與生命。

我傑出天才的消息傳遍了四方，我的主人也因而聞名四海。人們說：「想想看！他有條驢，被他當作朋友看待，而邀牠一起用餐。你相不相信，這頭驢會摔角、跳舞、懂得人語、用姿勢達意。」

現在我必須告訴你，賽拉蘇是何許人。他是阿查伊亞省首府柯林多人，曾經作過許多適合的低級官職，而現在他是今後五年中的柯林多司法大臣。傳統令他必須以高貴的生活來配合他的職務，而主辦公共娛樂，他已經舉辦了三天的角鬥表演以表示他的大方。這一次他到了北方，爲了取悅鄉人買了最兇猛的野獸，僱了全西薩萊最著名的角鬥士。而他現在已經搜購了他所需的一切，打算回歸柯林多去；他對自己所購買者至爲滿意。他既沒有乘他那美麗的雙馬小車，也不坐高貴豪華的轎車，卻騎在我背上，說他現在已經鄙棄任何其他交通工具。我戴著絲轡繩，紅的摩洛哥鞍，紫色驢罩，和邊走邊響的小銀鈴。他一直和善地對我講話，例如說他多希望能與座騎結交爲友等。我們抵達愛奧可港後，登上大船在海上航駛，沿波西亞海岸與阿堤加海岸而行，直抵柯林多。有許多人在等待我們。我心想這些人一定是來看我而勝過看賽拉蘇的。

許多訪客想看我的表演，而我的馴獸師想因此賺錢。他關了廄門，收取高價的入場費。他每天的收入頗爲可觀。

參觀客人中有個十分有錢的女貴族。我的一些把戲至使她開心，結果她生出想更進一步結識我的奇怪念頭。事實上，她異常地喜歡我，像神話中愛上公牛的巴絲菲一樣。她用重金買通馴獸師，讓她和我共留一夜。我十分抱歉這惡棍只顧及自己的口袋，便一口答應下來。

我和賽拉蘇共進晚餐後回歸廄房時，發現女貴族已在等待我。她已經來了許久。天啊，她爲了她的尋歡作樂已經作了許多美妙的準備。四個侍人在地上舖了幾層厚厚的羽毛被褥，上面再舖上泰利安的紫被單，上面鑲著金絲，並且在一端擺了枕頭，那是女人出嫁時用作嫁妝的那種。然後他們不敢耽誤女主人的歡樂時光，絕不多停留一刻，便走了出去，留下在暗角中搖曳明亮的燭光。

她立刻脫下衣服，脫下一切，包括抹胸的紗罩，露出美麗的酥胸，然後站在燭邊用白金壺中的香膏塗滿全身。她又這樣塗擦我，尤其大量地敷在我鼻端。然後她給我一個多情的吻——並不像妓院中的接吻，或是街道上的阻街女郎，而像個純真實在的愛之吻。「親愛的，」她叫道，「我愛你。你是我在世上的唯一需求。我没有你活不下去。」她又請出女人希望男人和她們一樣激情時所用的所有語彙。她抓住我的頭毛，方便地令我躺下，我用一肢支住身體側臥在床上，一如他們教我所玩的把戲一樣。她顯然並不打算教我做一些前所未學的事。

你們必須明白，她是十分美麗的女人，而且急待我的擁抱。而且，我已在陸地上漂游數月，鼻孔嗅著迷醉的香氣，而身上燃著賽拉蘇讓我喝下去的美酒，我覺得我可以做一切事。然而當我想起和如此一個美貌女人共眠時，不禁令我憂愁，十分憂愁。我巨大多毛的雙腿與硬蹄壓著她乳酪般的嫩膚——她露水般的紅唇親著我大醜齒的血盆巨口。最糟的是，如何一個婦人能用她的指尖來接受我雙腿間的挑戰？如果我證明對她過大，如果我傷害了她——想想看，她而且是個貴族——我的主人將會把我充爲他野獸的食物，但是她多情如水的眼光使我迷失，正如她在親吻中對我低語道：「呵，呀，你平安了，我的小鴿子、我的小鳥。」我認識到方才的恐懼是多麼無稽。我盡量想後退，但是她堅決要我向她不留餘地地進攻，她的雙臂緊緊地擁著我的背，直到我懷疑是否能如她所願地爲她服務。我開始了解巴絲菲的故事，如果她也和這個婦人相似，則她有理由悅好使她生下米諾都的公牛。這夜我的新情婦不讓我眼睛稍閉。但令人難堪的黎明降臨時她爬了出去，首先要求我的馴師讓她以同樣報酬和我再度一夜。他樂於從命，一部分由於她出手大方，另一方面因爲他希望讓賽拉蘇有一窺奇觀的機會。

他立刻出發向賽拉蘇詳細報告當夜的情形，而且獲得巨額賞金。「妙，妙！」賽拉蘇喊道。「這正是我們用來加强表演的好節目。可是多可惜他的愛人是個女貴族；她家人絕不會允許她在公衆場所作這種表演。」

在柯林多各風化區貼滿徵求告示，仍帶不來一個志願的人來代替她。顯然沒有一個女人會大膽到在高價下出賣她僅餘的名譽。結果，賽拉蘇連一個錢也不用花。他找到一個被判處死刑的女人，死刑的方法是餵野獸，但是他認爲她正是我合適的情婦。我們將在人羣擁擠的競技場中被囚於一籠之中。

我已經聽說過這個女人的故事。許多年前，當她丈夫還是個小男孩時，他的父親在一次遠行前，吩咐他懷孕的妻子說，如果生下的是個女孩，則立刻將她殺死。結果生下的果然是個女嬰，而她不忍心將她殺死，她要求一位鄰居替她撫養嬰兒，她對回家的丈夫說已把她殺死，當女兒長大到結婚年紀，母親無法給她所應有的嫁妝，也不能得到父親的承認；於是她決定把這個秘密告訴她兒子。她這樣做還有一個理由：女孩子不知道她究竟是誰的女兒，萬一如果運氣不佳，她哥哥愛上了她而加以勾引豈不糟糕。

哥哥是一個天性溫良的男人，認爲應當服從母親的意旨而做個好哥哥。他深守著這個家庭秘密，而使外人認爲他對妹妹只是一般慈善之行動。他讓她住在他家裏，讓人家以爲她是一個没監護人的孤兒，他決定把她嫁給他最好朋友。而且他要親自爲她治備嫁妝。

這個可欽無邪的安排，又觸犯了命運之神的忌諱。哥哥的妻子便是我故事中所說的那個女人，她對假孤兒的妒忌使她犯了一連串罪行，而現在被判去餵飼野獸。她懷疑她丈夫把這孤女作爲情婦，甚至進一步把她收爲妻子。懷疑轉而爲仇恨，她想出一個十分殘酷的方法來整治她的對頭。

她偷了她丈夫的印章戒指，下鄉到別墅去，她從那裏派個奴隸去對女孩說，她丈夫要她立刻到這裏來一趟。忠於女主人的奴隸也是個絕對惡人，他把印章戒指出示給女孩作爲口信真實要緊的證明。

女孩十分聽她哥哥的話——因爲她此刻已經知道他是她的親兄弟——何況印章戒指更加强了她的信心，她匆匆獨自趕到別墅去，而陷入了爲她佈下的陷阱。她遭遇到虐待狂的待遇，被脫光衣服鞭打得死去活來。可憐的女孩受不了痛苦而吐露了秘密：「他是我哥哥，他是我哥哥，」她不停地哭泣；但是她是浪費言語。嫂嫂不理會她，以爲這是杜撰的故事，最後將一把熊熊的火炬插進她的腿間，結果女孩痛苦地死去了。

哥哥和女孩的未婚夫在她死後，埋葬了屍體，兩人都十分悲傷，哥哥對這消息更加痛苦，因爲他絕不願見他妻子是個女兇手。他焦急地躺在床上，熱度很高，除了强烈的藥物，誰也没辦法幫助他。

他的妻子——早已喪失了被如此稱呼的權利——去找一個毫無醫德的醫生——他曾經應人要求謀殺過許多人，且沾沾得意——給他六百金幣，交換烈性的毒藥。他同意後，她回家對她丈夫説他必須飲下一種稱爲「聖藥」的飲料，以減輕他的痛苦。誠然這個藥並非阿波羅配製的，而是死亡之神普羅塞的傑作。

當醫生拿著藥水來時，全家人和一些親友都在場。醫生調好藥物送給病人。可是這時女兇手勇敢地決定除去她的共犯以免秘密洩露。當病人接下杯子時，她按住他。「醫生，」她説，「我覺得作爲一個妻子，有責任請你在把藥給我丈夫之前先嘗一口。我希望確知裏面没有毒藥。我知道你是一個十分謹慎的人，絕不會拒絕我的要求。我覺得這只是形式而已。」

醫生對這狠毒的女人至感驚奇，在這重要的關頭，他真想不出拒絕的理由，如果他稍表遲疑，則在場的人都會懷疑他的杯中有毒，他無奈之下只好喝了一大口，丈夫相信地學他的樣子，把剩下的喝光。

這時醫生希望能趕快回家服下解藥，以免毒性在身上發作。但是她已一意打算完成她的毒行，不讓他離開。「你必須留在這裏等藥性發作，」她説，「我們可以看看它對我丈夫的健康如何。」他要求離去，他抗議他被不必要的留難，但是當她讓他離去時，毒性已入膏肓。他在痛苦中掙扎回家。但是他在死前終於把事情告訴他妻子，叫她至少要收回毒藥的價款，這個醫生的下場便是如此。

他的病人不久便一命嗚呼，他妻子撫屍痛哭良久。幾天後，殯葬下土之後，醫生的寡婦前來討債，她說雖然有兩件謀殺，但是她只要收取其中的一件。女兇手裝出十分仁慈的樣子，她以友善的口吻說她自然要把債還清——只要她能再找出同樣的藥物給她。

醫生的寡婦同意了，宣稱將樂於從命。她知道這個女兇手家財萬貫，便立刻回家翻查故去丈夫的藥櫃，終於找到所要的毒物。女兇手得到了毒藥，便打算大規模地進行謀殺。她有個小女兒，因爲她是她父親的最近親屬，將來必定會繼承全部遺產。她詢問過律師，已故丈夫的遺產全歸子女所有，而遺孀應當由子女扶養，她決心一不做二不休，便請醫生妻子來吃飯，把毒藥放進食物中，她也將一份給自己的親生女兒。女兒中毒後立刻死去，而醫生的寡婦發覺毒藥已在腸胃中發作，而且難以呼吸時，立刻知道其中真相，她衝到省長家中，大聲喊寃。說有可怕的罪行要報告，行人扶著她，省長立刻與她談話。她把罪案從頭到尾向他申述，然後她倒地昏迷死去。

他是個能幹的長官，便命令把這惡婦抓來。她的罪名是謀害五個人，而提出控訴。他把她的奴隸也抓來，施以酷刑，結果獲得了真實的供詞。法庭也判處她死刑。無疑，她應當得到比被野獸分食更重的刑罰，但是，當時這是最合適的處分了。

第十七章　女神顯聖

我便將在公共場合和這個女人表演婚姻的關係。爲了等待那天表演日子的來臨，我內心十分緊張，我寧願自殺，也不願在大戲院中和這惡婦當衆淫合，使我永遠蒙羞。

呀，我既無手指又無手掌，如何能以我前蹄的圓肉抽刀拔劍？我在絕望之中，只存著一線微弱的希望：新春終於來臨，田野四處立刻將開滿野花，在草原上舖起一層絢爛的顏色。在花園中，被困禁的玫瑰將掙出棘莖綻蕾開花放出芬芳的香味。只要再咬到玫瑰花瓣，我便又是路鳩士了。

但是致命的日子終於來臨。我被陪同走向露天劇場，後面跟著一大羣歡呼的行列。當表演第一個節目芭蕾舞時，我被安排在通路的外面，我很高興發現那裏長有一片青翠的嫩草，我一面咬嚙，一面自敞開的大門看望裏面的表演。

在音樂之後，許多穿著美麗服裝的年輕男女跳著希臘戰舞，窈窕美麗地舞蹈著，有時自圈子中進入交織著舞者之潮流，有時她們牽手自側臺跳舞而下，然後散開分成四組，又突然依性別分列。

不久喇叭吹起退卻號，表示複雜的舞蹈即將結束，場後的背景變換，以容納下一場更豪華的表演。

佈景是座假山，它代表荷馬的愛達山，這是個令人讚歎的道具，上面全覆蓋著草土，而且植有樹木。設計者並使一道清泉自高山頂流下。一羣母羊在吃草，一個人在附近遊玩，扮作羊羣的牧人，穿著亞洲長袍，頭上戴頂金冠。他扮成牧童德弗巴斯。然後走上一個肩上披著外套的美男子，在他長長的金髮中，人們可以看見他的兩束小金黃翅膀；加上他手執蛇杖與神棍，一望可知乃是墨克利神。他跳舞地走向德弗巴斯，又將金蘋果交給他，用手勢解釋宙斯的命令，然後優雅地退場。第二個上來的是朱諾，由一個體態十分美好的女郎扮演，頭戴白色冠冕，手中執著符節。接著雅典娜跑了上來；由她飾著橄欖枝的亮盾和隨時準備作戰而高舉的矛槍便可以認出她來。她後面跟著一個異常美麗，那美好的表情只有維納斯——未婚的維納斯——所能具有的。爲了完全顯現她無瑕的體態，她身上除了一條薄薄的絲裙之外別無他物。如果有一陣微風吹來，便會吹起薄紗現出美麗的雙腿，或緊貼著身上而顯出令人心旌搖動的隆原。她的皮膚雪白，爲要表示她自天而降，她藍色紗裙表示她將立刻回到大海之家去。

每個女郎都裝扮成美麗的女神，她們身邊各有隨身的侍從。朱諾身邊有兩個青年女伶，代表卡斯託與法拉克。我由她們戴的蛋形小帽（一如她們自母親麗達身上生出時一樣），以及上面畫的星星——雙子星座——而認出她們。朱諾冷靜地走近德弗巴斯，隨著愛琴調的簫笛聲，她微微而自信的頷首保證如果他判她爲三人中最美麗者，她將使他做全亞洲的皇帝。

雅典娜的侍從是兩個青年男子，代表恐怖與畏懼之神，他們拔劍在她身後跳舞，後面又隨著一個風笛手奏著杜里安調的戰歌。樂者的低吟、高嘯使舞者瘋狂般地跳舞，就像號角召喚他們去作戰似的。雅典娜自己也應聲起舞，頭向左右前後搖動，眼光像對利刃，她迅速興奮的扭動表示答應德弗巴斯，如果他判她勝利，她將幫助他成爲全世界最勇敢而無往不利的戰士。

接著是美麗微笑的維納斯，羣衆向她發出如雷的呼聲。她走到台中央，周圍隨著一些快樂的小孩，肥胖白膚，令人以爲是真正的小愛神自天而降。他們都有小小的翅膀，全執著小小的火把，像引導他們的女主人走向婚典。許多美麗的女郎隨而進來；最文雅的美之女神，可愛的季節之神，她們在維納斯前面用花瓣舖路，用種種方法取悅她。

笛聲轉而爲萊底亞風的多情音樂。當維納斯開始慢慢隨笛聲起舞，點著細步，輕擺腰臀。她大大的眼睛散放著熱情的秋波，好像她只用眼睛跳舞似的。當走向裁判時，她以緊張的姿勢向他應許；如果他選擇她，她將使他與最美麗的女子結婚。青年德弗巴斯高興地把金蘋果送給她作爲勝利的禮物。

哦，那麼，你是下流之尤，是，我指的是全法律界，你們這些牛樣的法官與鷹樣的律師——你們真對現代法界的腐化感到驚奇嗎？你在此地可以得到人類史上最早的證據，在這個第一次法庭上，宙斯指定了單純的牧人德弗巴斯來審判天堂棘手的問題，而他卻受了女色的賄賂（結果毀滅了他的全家），公開出賣了他的裁決權。不，先生們！你還可以記起一件例子，希臘統帥阿加麥農在托洛伊城前，認定聰明智慧的巴拉米得爲賣國賊而判他死刑，雖然他完全明白對他的控訴全是揑造的。你也會記得奧廸賽與阿查斯之間誰最勇敢的爭執。他明知奧廸賽的勇氣不見得完全可靠，而阿查斯是比他更好的人，但是他仍判奧廸賽爲勇者。再說：還有些著名的立法者，光輝的智識份子，傑出的科學家，古典時代的雅典人，他們爲什麼判處較任何人更聰明的蘇格拉底以死刑？難道他不是被那些羞妒的人判爲使青年腐化——

雖然他的哲學是羈勒而非煽動青年的熱情——終於飲酖自殺。這是雅典司法不能抹殺的污點，因爲縱使今日最佳的哲學家也認爲他的思想體系乃是最莊嚴智慧者。

原諒我的牢騷！我可以聽見讀者們抗議：「嗨，怎麼回事？我們能讓一隻驢子向我們講述哲學問題嗎？」是，我應當再回到我的故事。

我說過，德弗巴斯已作了裁決。然後朱諾和雅典娜退下，朱諾十分悲哀，而雅典娜卻怒火沖天，她們都因爲自己未被選中而極感不平。但是維納斯在隨從們支持下高興地跳舞。突然山頂隱藏的水管噴出滲有番紅花的酒泉，像芳香的雨水一樣灑在山羊身上，牠們的白毛染了金黃，正如以往愛達山所飼的金山羊一樣。香味散遍了全劇院；舞台的機器又運動了，土地突然分開，高山立刻消去了。

然後一個士兵自走廊跑出戲院去把被判飼獸的女人（正如我前面所述者）抓來，作我的新娘。我的新婚之床鋪著最佳的印度龜殼，已經排置就位，上面鋪著一層羽毛被褥與繡花的中國床單。我對於我所要扮演的角色不但驚詫而且羞恥，我恐怖欲亡。我認爲，如果她和我被鎖在裏面，則當我和她熱情地擁抱時，突然跑進一隻吃她的猛獸，雖然牠受過訓練，但是牠絕不會只將蜷伏在我懷中的女人撕成碎片而放過我。

當賽拉蘇在籠中作最後的巡視整理時，其他人都注視著這色情的佈置，等待好戲上場。我計劃逃走了。我一向以馴良溫和見知，所以沒有人看守我。我偷偷走到門外，然後放開腳步急急地奔跑了六哩路，直到我發現了柯林多區最著名的申查萊鎮，它的一邊是愛琴海，另一邊是柯林多灣的海流。

申查萊一向遊客很多，而且是個安全港，可是我希望遠離人們。我走到一個無人的海灘，將我疲倦的身體躺在沙坑中，旁邊是浪花在撲擊著。天色已近黃昏。太陽的馬車已快走完一天的旅程；我自己也應當休息了；立刻一陣甘美的熟睡淹沒了我。

不久後，我突然恐怖地醒過來，海上昇起了眩目的滿月。在這秘密的時刻，月之女神以偉大的力量與尊嚴統治著人間。她是發光的神聖，她的神力不但影響所有野獸家畜，使一切無生氣的充滿活力；她的潮汐流水控制任何身體的脈動，不管是在天空、在陸地、在海底。我對此十分明白，決定向看得見的神影致辭，求她幫助；也許命運之神已經認爲我受苦已久，應當給我援救的希望。

我跳起來抖除睏睡之意，先到海中去洗浴使我潔淨。我把頭浸入海水七次——七，根據先聖哲學家畢達哥拉斯認爲那是適合所有宗教場合的數字——雖然淚水沾濕我多毛的臉頰，但是我喜悅的熱情把無聲的禱告獻給了至尊的女神：

「祝福的天后，不論你是高興被稱爲西麗斯，古老的收穫聖母，由於尋到迷失的女兒普羅色平，而免除我祖先們食物中粗糙的橡實，而給他們種植於厄斯肥沃土地上的麵包；或是願爲天仙維納斯，現在在巴福海上受到尊拜，在創世時候男女合偶成雙而使人類得瓜瓞綿延；或是阿特美綠，阿波羅的醫生姊妹，減少女性生產的陣痛，現在於厄菲包斯聖地受祭祀；或是可怕的普羅色平，梟鳥在夜晚爲他鳴叫，他的三層面容使惡鬼們被囚禁於地下；你在各處享受過不同的犧牲祭祀——你母性的光輝照亮了每個城市的高牆，你的暖和熱力培育了土地下的幸福種籽，你控制著流浪的太陽和他的光芒——我懇求你，不論奉任何聖名，或享受任何祭典，你同情我極度的痛苦，恢復我破碎的命運，給我經過千辛萬苦後的休息與和平。結束我的痛苦與歷險，除去我這可憎的四腳僞裝，回歸我的老家，使我再成爲路鳩士。

如果我觸怒了任何難以取悅的殘酷神祇，是他使我不能生活，那麼至少給我一項可靠的禮物，死亡的禮物。」

當我禱告完畢，傾訴我內心的不幸與痛苦，我又回到沙坑，睡眠又征服了我。我才閉上眼睛，便看見一位婦人的影像自海中昇起，她的面貌至為美麗，連神祇都會為之羨慕。先是頭部，然後是發光的身體慢慢出現，站在我面前的海浪之上。是，我希望能描述出這神聖的形象，雖然人類的語彙貧乏有限，而女神也許會賦給我靈感，以足夠的詩意寫出我所見的淡影。

她長長的波浪形的濃髮披在頸上，戴著用各種鮮花精細編織的冠冕。在她額頭上有道光亮的圓環，像面鏡子，或如月兒的光亮一面，它說明了她是誰。左右手昇起許多蝮蛇，自頭髮中支持著亮鏡。她彩色的長袍是上等絲綢製的，一部分發著白光，一部分是金黃色，一部分閃著紅光，沿著衣縫是一串串鮮花果實迎風擺盪。但是最令我注意的是她那深黑色的披風。她自左肩頭橫披向右臀，在肩上打個結像是個盾牌的浮飾，它一部分是震顫的無數縐褶，上面到處裝飾著閃亮的星星，中間是圓圓的大月亮。

她左手握隻銅蛇，像是用來嚇走西羅可神的那一種，它狹窄的身體像條劍帶，三支小笏當她輕搖手柄時尖聲地唱著。她左手上掛著船形的金盤，手柄上方是個躍躍欲擊的蛇頭。她的聖足上穿著棕櫚葉的拖鞋，這是勝利的象徵。

當阿拉伯的香氣浮進我鼻孔時，偉大的女神對我說：「你看見我了，路鳩士，我是應你禱告而來的。我是『自然』，宇宙之母，所有元素的女王，時間的初生子，所有事物的精神主宰，死亡之後，不朽之女王，所有男女神祇的存在表徵。我的意旨統治在天堂的明亮高處，健康的海風，陰間的可悲沉靜。雖然我以許多形象受禮拜，我有無數的命名，享用各種祭祀犧牲，可是人間全崇仰我。菲力基人稱爲貝西儂蒂卡，神之母；雅典人稱爲西哥羅比的阿蒂美絲；在塞普魯斯人眼中，我是阿芙羅黛娜；對西西里人，我是普羅色平；在厄流西，我是穀禾女神。

「有人稱朱諾，有時是戰神，有時是赫克達，又有時拉紐巴，但是在愛索比亞那太陽初照的土地，直到埃及，他們最早認識崇拜我，以合適的禮式向我祭祀，他們稱我的真名：伊西絲女神。我同情你的災難，我要來救援你。別哭別愁，拯救的時刻，已經降臨。

「仔細聽我的命令。

「在永恆的宗教法律中，我的崇拜節日自今夜起。明天，我的教士將奉獻給我新航季的第一項果實乃是一艘船，因之冬天暴風雨在此失去力量，風平浪靜，大海上船艘順風，海員平安。你必須等待這神聖的典禮，你的心情既無需緊張，又無需失望；我將命令最高教司爲我拿一個玫瑰花環，他用右手掛在他的蛇杖上。別遲疑，排開羣衆，以自信的步伐參加我的行列。然後走近高僧裝出要親他手的樣子，用你的嘴巴輕咬玫瑰，你立刻便會脫去驢皮，它正是我在宇宙中最憎恨的動物。

「最要緊的是要有信心；別以爲我的命令難以遵行。因爲現在對你說話，我也將指示我熟睡的僧正；明天，在我的意旨下，羣衆將爲你讓路。我答應你，人們看見你的醜樣子將不敢恥笑，當你突然還復人形時，沒人敢視爲罪惡。不過你要牢記，緊緊將我的話語鎖在心中，你必須向我盡忠直到你的最後一天。只有信仰你的女神，你才會恢復人身。在我保護之下你將幸福著名，當你生命結束後進入陰世時，你仍有機會向我禮拜。自陰間平原你會發現我是冥世的女王，從黑暗的黃泉射出你現在所見的仁慈溫和之光芒。尤有進者，如果你服從信仰我的宗教，以絕對的貞潔奉祀我，你將會獲得我的保護，你將了解我，只有我，有權延長命運為你局限的壽命。」

說完，女神的形像融溶消失了。

第十八章 重還人身

我醒著站起來，在一陣喜悅而恐懼的汗水中沐浴。女神的明白顯聖使我驚異得說不出話來，我又在海水中沖洗後，再背誦了一次她的命令，希望原原本本地服從指示。立刻，太陽的金光照亮了黑夜的暗影，街上立刻又流滿了熙熙攘攘的行人，不僅是我，連全世界似乎都揚盈歡樂之情。獸類、房舍、甚至於氣候都反映出薄海同歡與寧靜和平，因爲今日的和煦晴朗代替了昨日的霧氣，歌唱的小鳥已知春天降臨，啾鳴地歡迎星辰之后、季節之母、宇宙的主宰。樹木，不但是果樹，那些遮蔭的樹木也自冬眠中醒來，溫和的微風吹起綠芽，在枝幹上揮搖舞蹈；暴風雨的襲擊聲已歇，黑雲已讓位給蔚藍晴朗的天空。

立刻偉大的遊行隊伍先頭已現。裏面是穿著許多自己設造怪衣的人羣，一個人佩著士兵的劍帶；另一個扮做獵人，身裝短外套，佩帶刀槍；另一個穿著縷金草鞋、假髮、絲緞與貴重的珠寶假扮女人。然後是一個穿大靴、盔甲盾劍、像是自鬥角士學校出來的；一個穿紫袍執官杖的假知事；一個蓄山羊鬚的假哲學家；一個捕鳥者拿著捕鳥膠與長蘆笛；一個執一支長笛與魚叉的漁人。哦，是，還有一隻馴母熊，穿著女人衣服坐在轎椅上；然後一隻戴草帽穿外套手握金杯的賀喜猴——諷刺宙斯的美麗執杯者甘妮美黛。最後是一條肩膀膠假翼的驢，一個老人坐在上面，這些化妝的喜劇人物在人羣中跑來跑去，後面才是主要的行列。

前面走著一些全身戴花的女人，她們把美麗白花上的花瓣扯撒在路上；人們以種種歡樂慶祝這女救主。其次是些頭後縛著鏡子的女人，這使她們身後走路的人可以見到女神的假像。再後面是手上拿著象牙梳子的女人，她們扮出替女神梳髮的樣子；另一些拿出香料瓶子，在路上撒出香料油水；再過去是一些男女，拿出各種光——油燈、火炬、蠟燭等——以象徵女神是「星辰之女」。

其次是吹簫笛的音樂師，後面跟著許多精心選出來的合唱兒童，他們唱著遊行歷史的感人詩歌。大神西拉比神廟中的簫笛手也高奏宗教的頌歌；有許多吆喝手在叫：「讓路，女神來了！」後面跟著一大羣扮神者，裏面有老少男女，空著雪白的紗服。女人紗頭罩下是高高的髮髻。男人的頭剃得精光，代表女神的光亮星辰，他們手執銀銅甚至於金製的奕奕如生的蛇杖。

走在前面的教士們穿著緊胸及足的白紗袍，手中執著各種女神的象徵物。最高教司拿著亮燈，它並不像我們夜裏燃點的燈盞。它是船形的金燈，中間小洞中吐著高高的火舌。第二個教士用手拿著一個祭祀女神的供壺。第三個教士拿著金葉的小棕櫚和墨克利神的蛇杖。第四個拿著一個左手連指的模型，這是公正的象徵，因爲左手天性遲鈍與拙笨，所以較右手更無所偏倚。他也拿隻金瓶，做成女人乳房的樣子，自乳尖處，稀稀的奶流在地上。第五個拿著一把金柄的揚穀扇。然後是一個拿著酒瓶的人。

接下去是些必須以人代步的神。這裏是嚇人的天堂諸神以及死亡諸神的信使：半邊黑臉半邊金臉的阿奴比，手執神杖僵直地走著，另一隻手握著綠棕櫚枝。後面是一個肩上放著母牛雕像的人，它象徵人類多產的母性女神。然後是一個教士，手中拿著奇妙禮拜的神秘藥方。另一個幸運的教士在他長袍中藏著一件古老的女神象徵；它不是按照任何野獸家獸，飛鳥人類的模樣做造的，但是其手工之精美絕不亞於令人崇敬畏懼的原始設計。它是女神崇高奇奧的代表，它絕不會有所偏頗；一個金亮的小瓶，上面密密地刺刻著埃及象形文字，圓形，長長的瓶口，一個雕刻美麗的手柄，上面盤伏著一條伸直，露出多鱗、褶縐、鼓脹著頸項的毒蛇。

最後才是對我顯聖答允的至尊女神。我救生希望所寄賴的教司走近來，我看見他手上正如女神指出的，他右手拿看蛇杖與花環——哦，它對我不止是花環，而且是征服殘酷命運的勝利三冠，這是我歷盡千辛萬苦後女神給我的恩賜。我壓抑下我的喜悅，我沒有立刻躍前去以免粗卑的行動打擾了秩序良好的行列，而是溫文有禮地慢慢穿過在我面前讓路的人羣，這顯然是女神的意旨，直到我走到另一邊。我立刻看見那教士毫不顯出驚詫，這自然是他已在前夜受過指示。他站直身體，把玫瑰花圈舉到我口邊，當我以釋放的心情咬吃玫瑰時，我不禁心跳而顫抖。我吞吃了不久，我發現神許的諾言並非欺騙。我的獸形漸漸消失，鬆懶的腹部收縮了，我的前蹄也不再是用來走路，而成了人類的雙手。我的頸子收縮，面與頭部變圓，大硬齒變成普通大小，長耳縮短，最可恥的尾巴不見了。

人羣中昇起驚嘆的聲音，教士們看見女神對教長所顯聖的奇蹟實現，舉手向天，異口同聲地讚頌她許諾我的事：讓我立刻回復人形。

當我看見發生在我身上的事時，我驚奇得像火雞般站在那裏，許久說不出一句話，我的思想來不及隨這突然的大喜悅而變化。我找不出適當的話來感謝女神的仁慈愛顧。但是教長事前已瞭解我的不幸遭遇，他對我的醜陋樣子雖感驚訝，仍能下令讓我披上一件紗衣；因爲當我恢復人形時，我本能地像任何裸體的人一樣——緊緊地貼著雙膝，將我雙手遮掩著私處。立刻有人脫下上裝替我覆蓋上。隨後教長親切地望著我，他對我的人形似有未盡置信之感。

「路鳩士，我的朋友，」他說，「你忍受擔負了許多勞苦坎坷，在噩運之風中飄遊已久。現在你終於駛入安寧之港，而站在仁慈的神壇前，你的高貴血統與門第教育都不足使你免於墮爲歡樂之奴；你身上帶著青年的愚行。你不幸的好奇心使你得到罪惡懲罰的報應。盲目的命運之神惡毒地將你置身於險兇之後，又不知她自己做些什麼。在你置身於宗教的慶典之中讓她離去，隨她到別處去逞兇，將殘酷的手嬉弄別的人。她已無權傷害這些盡忠於女神陛下的生命。使你置身於盜窟、野犬、殘酷主人、危險的石路；使你每日恐怖欲亡，又有何用處？你現在已可在真正無所不見的造物，真正的命運女神的保護下，她的光芒照亮了所有神祇。歡樂吧，你這穿上了白衣的人。高興地隨從這拯救你生命的女神行列。讓那些不虔誠的人看見你，讓他們了解他們的錯誤。讓他們喊叫：『看，那是路鳩士，由於女神伊西絲的顯聖使他脫離無邊苦海；看他戰勝噩運的光彩！』爲了保障今日的收穫，你必須投身聖職，如你昨夜所許諾者，志願負起你誓言規定的責任；因爲她的奉獻是絕對自由的。」

教長結束他那充滿聖靈的講詞後，我投入信男信女的行列向前而去，我成了全柯林多的神奇對象。人們指著我或昂頭示意說：「看，那是路鳩士，全能女神的力量使他回歸人身，他真是個幸運的人，由於他過去的無邪與良好品行獲得她的同情，而現在得到了新生，立刻便蒙接納加入她的神職。」他們的祝賀高昂而深長。

這時行列慢慢地前進，我們已近海邊，最後抵達了我前一夜還是毛驢時所躺著的坑洞。

在這裏教士們高聲禱告並且設立神聖表徵：奉獻給女神的是一艘建造富麗的船，整個船殼都漆上埃及象形文字；首先教司用一支火炬、一個蛋和硫磺爲它淨潔。白帆發著亮光，上面書寫新航行季節中女神對船舶的祝福。高高的杉桅帶著閃亮的桿頂，我們欣賞著鍍金的船頭，它就像伊西絲聖鵝的頸子。油漆重重的龍骨是用最堅硬的枯木刻成的。然後人們、教士齊擁上船，奉上種種禮品，並且把大量牛奶倒入海中作爲祭酒。當船上裝滿禮品與幸運的祝福後，他們割斷錨索，船慢慢溜入海港，它身後昇起了一陣似乎完全是爲她而生的輕風。它駛出我們的視界之外後，教士們又拾起神器高興地走回廟去，井然有序便如方才來時一樣。

我們抵達後，教長與其他執聖器的教士和其他新入的人進入女神寺廟，並且把他們安置在適當的地方，然後其中之被稱爲神醫者，在寺院門口主持一次會議，一如女神所主持者。他拿本書，登上高台用拉丁語祝頌：「我們的君主、皇帝、國會、以及騎士，與羅馬的市議會，並祝福所有服從神力的聖船海員。」然後他念著傳統的希臘祭文「普勞非西亞」，意即船舶已允許駛行。人民響應地歡呼後，他們拿了各種裝飾品回家。這些禮品諸如橄欖枝、香木、花圈，但是他們在離去之前先吻吻寺院台階上銀神像的腳。我站在那裏無法動彈，只呆呆地凝望著神像，心中釋去所有過去不幸的回憶。

這時，我的歷險與女神對我特別的眷愛傳向四方。顯然它傳到我的故鄉曼都拉，鄉人們都以爲我已死去而爲我哀悼。我的奴隸、傭僕和親友立刻忘卻了他們的哀傷趕到柯林多來，帶給我種種禮物，像是自陰間迎我回鄉。我看見他們至感欣喜一如他們見到我一樣——這是我一直盼望的心願——我再三地向他們致謝他們給我的東西；我特別感謝我的僕人爲我帶來最急需的金錢與衣服。

我一個一個對他們說話，雖然那不是我的責任，告訴他們已往的不幸與快樂的遠景，我要回到我生命中最幸福的境地——皈依女神。我設法在廟中弄到間小房，以便我從今專心爲她工作。同道的兄弟們立刻接受我，把我當作他們之間的一份子，永遠對女神忠心。

没有一天晚上甚至在白日打睏時，不看見女神的形影。她老是命令我從習她的道理。我渴望遵從，但是宗教性的恐懼使我退縮，因爲經我詳加詢問後，發現任聖職便是使自己過極困難的生活，特別要守身貞潔：隨時要注意免於偶然墮落。無論如何，因這問題存在，所以我延緩了接受的決定。

有天晚上我夢見教長滿懷禮物向我而來，我問：「那是些什麼？」他答：「自西薩萊來的。你奴隸貢地都剛剛到。」我醒來後對這個夢思量了許多，不懂它的意義，特別是我根本没有叫那個名字的奴隸。不過我堅信教長給我的必是些良善的事物。天亮後，我等待寺廟開門。心中一陣焦急之情。神壇的白布拉起，我們瞻仰女神的尊肅面容。一個教士繞著神壇，舉行朝拜，手中執壺將寺邊清泉中取來的水灑在地上。禮拜過後，合唱隊以高昂的歌聲唱出黎明之頌。

門戶打開後，進來了兩個因浮蒂絲的錯誤使我披上驢皮而留在哈巴達的兩個奴隸。他們聽說了我的遭遇，連忙把我的行李拿來。他們又設法找回我的白馬，牠雖歷經易手，但牠後臀上仍有我的印誌。我現在了解了夢的意義：並不是他們自西薩萊爲我帶來東西，而是我重獲白馬，顯然是夢中所謂的「你的奴隸貢地都」；而「貢地都」正是「白」的意思。

以後，我以全部時間向女神禮拜，那些恩賜加强了我希望獲得她更加眷顧的信心，我希望加入聖職的意念也從而增加。我常常對教長提起，懇求他使我登堂入室。他是個嚴肅的人，十分忠實於其宗教責任，他像父母勸阻無理要求的子女般，遏止了我的不安，他仁慈而安詳以免使我沮喪，他對我解釋，一個候補者列入聖職的日子，必須由女神親自示意。她將選擇教士宣佈如何付清這禮儀的費用。他認爲我必須耐心而避免過急及固執兩種極端地等待。「教中任何兄弟，」他說，「都不曾犯過思想錯誤及褻瀆的罪惡，那只會使他毀滅，不經女神的命令逕而入會，乃是重大的罪惡。她手中掌握人間及陰世的生命。入會的儀式等於一個人懷著一線復活的機會而自願死去。所以她時常選擇一些自以爲已近晚年但非衰老到不能保守秘密的老人；在她的仁慈之下，他們可以說是再生而享度健康的生活。」

他說，我必須等待命令而且心感滿足，不過我應當事先準備爲女神工作冀邀歡心。同時我必須像教士們一樣，忌食禁物，這樣當有日我可以參加聖職，則可以毫無愧咎的步伐走進寺廟。

我接受了他的勸告。安靜地參加寺院中的日行工作，冷靜無言地希望取悅女神。在學習期間我從不煩怨或失望。不久之後，她終於在半夜顯聖中告訴我：我渴望的一日終於來臨。我知道她已命令教長米斯拉，他的命運已與我聯結起來，爲我主持入教。

這些命令給我無限的狂喜，我天亮以前便起來告訴教長，我到他門口時他剛好走出來。我對他打招呼後，更熱切地請他讓我入教，因爲我現在有權作此要求。他先說了；「親愛的路鳩士，女神准允了你，你真是多麼幸運。現在不要浪費時間。你熱心祈求的日子終於到來，多名的女神命令我爲你主持入教大典。」

他牽著我的手，有禮地領我到大門廟口，當他如前地打開門戶，做完朝拜之後，他走進聖堂拿出兩三本寫著我認識的字的典籍；有些是獸狀象形文字，有些是故意在頂上尾上加了如輪如草花樣的普通文字。他依照書上念出我入教所必須穿戴的佩件。

我立刻去找教士朋友，請他們不要儉省地爲我買需要的一部分，另一部分由我自己去購買。

在適當的時間，教長召我帶我到附近的浴室，旁邊站著許多觀禮的教士。我如常地沐浴過後，他又一面用聖水爲我洗身，一面向天禱告。隨後他帶我回寺，把我安置在女神足下。時間已近中午。他發出一些神聖只能用低語說出的命令，然後命我在十天之內齋戒，不得吃肉喝酒。

我尊敬地服從他的命令，最後宣誓的日子來臨了。入夜時，許多教士自各方向我擁來，每人給我一件祝賀的禮物，這正是古老的禮俗。教長命令所有未入教的人離開，織成一件新衣裳，牽我的手領我到聖堂的內室去。好奇的讀者，你們一定想知道我在裏面做什麼。如果我被允准奉告，而你們也被允許聆聽，那麼我此刻可以告訴你；然而，事實上，我的口舌將因洩密而你們的耳朵將因好奇而受苦。

不過我不願離開你們，如果你們也很虔誠，而在痛苦的折磨中，我將正式寫下給還未入教者的人看，不過你們得加以相信。我走近死亡之門，一足踏進普羅色平的門檻，而又允許在狂喜中通過各元素而後歸來。半夜，我看見陽光閃亮一如正午；我走到陰間與上天諸神面前，站在那裏向他們膜拜。

好，那麼你們已經知道其中情形，然而我怕你們不會變得更聰明一些。

嚴肅的儀式到黎明時才結束，我自聖堂中披了十二條不同的聖帶走出來，雖然那是十分神聖的服裝，不過略加一提亦無傷大雅，當教長命我站在寺院中央神像前的木台上時，許多未入教的人在望著我。我穿著上等布外衣，上面繡著花朵，一條珍貴的披肩長及膝蓋，上面是各種彩色的獸類，例如印度蟒蛇與本國的鷹首獅。教士們稱它做奧林比亞披肩。我手執火炬，戴著棕櫚花圈，周圍的葉子外伸像是光線。

惟幔突然扯開，我暴露在衆人眼光之下，像是個揭幕的雕像，穿扮有如太陽。那天是我幸福的入教之日，我把它當做我的生日慶祝，許多朋友爲我張設盛宴。第三天又有其他禮式，包括神聖早餐，在寺院中又停留了一些日子，享受著在女神前默思的幸福，因爲我對她所欠負的債務永遠也無法清還。

第十九章　教士生涯

最後女神勸我回歸家鄉。我對她的謝意永遠無法盡止，但是我盡我的心情道出我的謝忱。於是我起程回去，我發現我無法遠離一個我深愛的出生之地。

我跪在女神腳前，用我的眼淚洗滌它，我以充滿嗚咽的聲音向她禱告：「萬聖之聖，人類永恆的慰安，你的仁慈培育了全世界，你像母親對兒子般看顧所有悲哀憂愁，你日夜孜孜不息，永遠隨時治療海陸上的不幸者，驅除襲擊他們的狂風暴雨。只有你的手才能解開命運的絕望死結，停止惡劣天候的魔咒，使星辰們各安其位。上天的神祇愛慕你，下地的神祇尊敬你，你使天體按軌道而行，你把光亮賦給太陽，你壓抑地獄的力量。在你聲音中，星辰轉行，季節遞嬗，土地之精靈喜悅，元素服從。你點點頭，風調雨順，大地上收成豐碩。小鳥飛過天空，野獸追逐於山間，蟒蛇在塵埃中潛引，你的怒氣使一切震顫。我絕無法奉給你應有的頌讚；我的財產將全爲你犧牲供品花費；我的聲音將呼喊出我對你偉大的想法——不，不，即使我有百口千舌也無法說得完盡。然而，像我這麼窮苦的人，只有盡微小一己的力量向你盡忠；我的眼睛將永遠望著你的神聖形像，你的神聖永遠深鎖在我的心坎。」

我前往找我精神父親，教長米拉斯，我擁著他的頸項再三吻他，請他原諒我因爲我永遠無法返報他對我的恩情。這次送別花費許多時間，他一定怕我不停止我的「謝謝你，哦，謝謝你！」

我決定在長久離家後，直赴故鄉曼都拉，但是幾天後，女神告諭我立刻收拾行李乘船上羅馬去。正如所預料的，一路上十分順風，立刻抵達奧斯蒂亞港，我自那裏登上快馬車馳赴聖城，這天正是十二月十三日。我的第一件事是拜訪在戰神廣場上的女神寺廟，在那裏，她的頭銜是「廣場的夫人」。我每參加禮拜，由於我已在柯林多列入聖職，雖然我在這裏是陌生人，教士們仍容我在寺中自由來往。

當太陽完成其黃道歷程後，仍然眷顧我的仁慈女神來入我夢，諭知我必須準備舉行一次入教與宣誓。我想不出其中道理以及會發生什麼事。我不是已真正地列入了聖職嗎？我再三考慮這問題，並且請教教士；結果我驚訝地獲知，到目前爲止我已列入伊西絲之教下，但尚未列入卓越父神，奧西利斯。雖然兩聖在天上聯結在一起，但他們的禮儀與崇拜之間仍有甚大區別。我猜大神要我做他的奴僕，我的推想於次夜證實。我夢見一個穿著白衣的奧西利斯的教士，手執杉杖，戴著長春籐環走進房來。他還拿著我不能說明的東西，放在我的家神之間。然後他坐下來要我舉行一次宗教盛會。我注意他走路略跛，似乎左腳有點彎曲；我認爲這是他讓我在人間看見他時可以認識的標誌。神的意旨已表達得很清楚。我到寺院中去行我每日對女神的禮拜。完畢後，我仔細地觀察教士們，看那一位和夢見的相同。

我差不多立刻認出了那個人。他是抬神龕的，不僅他左腳微跛，而且高矮外表都和夢中人一樣。他的姓名是亞西紐・馬大哥魯。我向他走過去，發現他已經知道我所要說的話，因爲他也得到和我相同的指示。前夜，當他把花環放在奧西利斯的雕像上時，他聽見神口說出的諭告：他必須接納一個曼都拉人，雖然他很貧窮，列他入聖職。神也說在他的聖意之下，這人將因學問上有所成就而著名，亞西紐也將因他的努力，而獲得豐富的報酬。

這是我入教的經過。不過十分不幸，因爲我没有舉行儀式的錢，所以一時不能列入聖職。旅程已用完我離開柯林斯時微少的積蓄，我發現羅馬的生活遠較省中昂貴。貧困而不能達到我的志願使我至爲悲愁；我像是個諺語所稱「在神壇頂與墮落階梯」的人。更糟的是大神不斷在晚上出現重述他的命令。之後他令我脫下長袍賣掉。我毫不遲疑地照辦，雖然它不是件特別好的衣服，但是售了足夠舉行入教儀式的金錢。神說：「如果你想買點使你高興的東西，你在與衣服分手前會稍加猶疑嗎？當你準備向我作神聖的奉獻時，你會對毫不會使你後悔拋去的財產加以考慮嗎？」

我安排準備，又是十天没有吃肉，把頭剃乾淨。以後我被納入大神的夜祭，而成了他的光亮。我參加他的禮拜與奉獻，我心中已充滿了以往愛西斯給我的信心。這次入教使我對不得已留在外鄉稍感安慰，同時我的生活變得充裕些；因爲奧西利斯是幸運之神，他使我過著辯護士的高尚生活，不過我是以拉丁文而非希臘語致辭。

不久以後，你可以相信，我又被令作第三次的入教儀式。我驚奇而困惑，無法知悉其來龍去脈。我已二次入教，還有什麼教義等待了解？「自然，」我想，「教士們使我失敗。如果他們不是給我假的顯聖，便是對我有所隱瞞。」我甚至於懷疑他們欺騙了我。當我被這個問題驅得即將瘋狂時，一位我不知姓名的仁慈神祇在夢中對我解釋。「你没有理由，」他說，「對第三次入教的命令感到驚奇，或感疑以前的禮拜儀式中對你有所隱瞞。反之，你必須爲了不斷向你示寵的神恩表示欣慰。你能入教三次，而別人連一次也不可得，這是你的榮幸。相信三次神示是種永恆的祝福，而你應當聽從諭示。你只要考慮，你在柯林多所披的女神聖帶仍放在寺院中，即使你把它帶來，也不能在禮拜中佩戴。那是希臘聖節，不能給『廣場夫人』的教士使用。所以，如果你要享有健康幸福佳運的生活，那麼仍然把神作爲你的顧問，像以前一樣高興地再列入聖職。」

神聖的顯示又令我只好服從。我既不忽略亦不延緩，立刻把顯示告訴教長。我又馬上齋戒禁肉，把我所有的錢付出。禮儀之盛大無庸說是我的宗教熱狂而非寺院的需求。我無理由爲麻煩及費用後悔，因爲由於神祇的慈悲，我立刻可以在法庭中賺回我的酬金。最後，幾天過去，神中最有力量的大神奧西利斯，「偉大中至高，至高中最偉大，最偉大的統治者」，又在我夢中顯聖。在以往，他遮蓋了真面目，但是現在他親自對我說話。他來向我保證，我即將成爲著名的律師，我無需恐懼因我艱苦努力的學問召致而來的讕言；他希望我協助其他教士主持他的禮拜，他不但將我選爲他的抬神像者，而且以後五年中榮任寺院長老。

我又剃了一次頭，而且我永遠讓它光亮。我幸福地在蘇拉王朝興建的古老大學中盡責。我不打算以假髮或其他掩遮物來僞裝我的禿頭，我在任何場合，都毫不感到羞辱。

阿普留斯變形記：金驢傳奇 / 阿普留斯(
Lucius Apuleius) 著：張時譯. -- 初版. --
臺北市：臺灣商務, 1998[民87]
面 ； 公分. -- (Open；3：3)
譯自：The golden ass
ISBN 957-05-1438-8(平裝)

871.57 86015549

OPEN系列／讀者回函卡

感謝您對本館的支持，為加強對您的服務，請填妥此卡，免付郵資寄回，可隨時收到本館最新出版訊息，及享受各種優惠。

姓名：________________ 性別：□男 □女

出生日期：____年____月____日

職業：□學生 □公務（含軍警） □家管 □服務 □金融 □製造
□資訊 □大眾傳播 □自由業 □農漁牧 □退休 □其他

學歷：□高中以下（含高中） □大專 □研究所（含以上）

地址：________________

____

電話：（H）____________（O）____________

購買書名：________________

您從何處得知本書？

□書店 □報紙廣告 □報紙專欄 □雜誌廣告 □DM廣告
□傳單 □親友介紹 □電視廣播 □其他

您對本書的意見？（A/滿意 B/尚可 C/需改進）

內容____ 編輯____ 校對____ 翻譯____

封面設計____ 價格____ 其他____

您的建議：________________

____

____

臺灣商務印書館

台北市重慶南路一段三十七號 電話：（02）23116118・23115538

讀者服務專線：080056196 傳真：（02）23710274

郵撥：0000165-1號 E-mail：cptw@ms12.hinet.net